reinhardt

Der etwas andere Alltag

Glossen von -minu

Friedrich Reinhardt Verlag

Illustrationen: Lisa Gangwisch, Basel
Lektorat: Judith Belser
Druck: Reinhardt Druck Basel
ISBN-10 3-7245-1417-4
ISBN-13 978-3-7245-1417-6
www.reinhardt.ch

Dessertbuffet

Grosse Einladungen süssgipfeln meistens in einem Dessertbuffet. In meinen zarten Kinderjahren gipfelte noch gar nichts. Da bestand das Dessert aus Apfelmus. Oder aus Kompott. Apfelmus war die einzige Form von Apfel, die mir behagte. Nature konnte mich der Boskop kreuzweise … aber eingezuckert und püriert war er O.K. Das Apfelmus stand in Büchsen neben dem Kompott (dieses in riesigen Bülacher Gläsern) auf der Kellerhurd.
Forderten sie das Kind auf, im Keller Briketts zu holen, so ging es stets mit einem Büchsenöffner bewaffnet zu den Eierkohlen. Leider entdeckten sie dann schwarze Fingerabdrücke an den Büchsen und verschlirgte Apfelmusspuren auf den Briketts.
«Ein süsses Kind», sagten die Tanten.
«Wer nascht, bekommt den Arsch voll!», gab Mutter den Senf zum Zucker.

So lernte ich bald einmal, alle süssen Spuren in meinem Leben zu verwischen – ein Indianer im Zuckerland, quasi.

Nun war ich kürzlich zu einem wunderbaren Fest eingeladen, an dem nach den Hühnerbeinen auf dem Grill ein Dessertbuffet angesagt war. Ich liess die Hühner Hühner sein und konzentrierte mich voll auf das Finale des Abends – auf die erste Sahne sozusagen.

Da wir aber alle wissen, dass um Dessertbuffets stets ein mühsames Dessertpuff, Schlangestehen und Gerangel ausbricht, entschied ich mich für die elegantere Variante. Sie fand nicht im Kohlenkeller, sondern in der Küche statt. Hier hatte der Gastgeber nämlich alles schön vorbereitet, bevor er sich unvorsichtigerweise beim Apéro wichtig tat.

«Ich hol mal die Zahnstocher», erklärte ich am Tisch.

Weil die verfressenen Menschen alle um den Grill mit den Hühnerbeinen beinelten, war ich alleine in der Küche – alleine mit dem Dessertbuffet. Alleine mit Schokoladenmousse und gebrannter Creme, alleine mit Mini-Mohrenköpfchen und dieser Maxi-Gier, deretwegen böse Menschen mich den «Hoover» nennen.

Bei den Mini-Mohrenköpfchen wars einfach – da servierte ich zuerst einmal alle Randgruppen von der Platte ab.

Auch mit der Mousse wars keine Hexerei: Als die Hälfte weg war, glättete ich sie wieder elegant aus und schmückte die Unebenheiten mit drei Gladiolenblüten aus.

Die gebrannte Creme füllte ich später mit etwas Wasser wieder auf.

Nur bei der angefressenen Riesencremeschnitte – also da ist mir nichts mehr eingefallen. Zuerst hatte ich da wohl nur die Glasur abgeleckt und das wäre ja bei der düsteren Beleuchtung kaum aufgefallen – aber dann habe ich mich nicht beherrschen können: Ein Drittel war schnittig weg.

In diesem Moment wedelte Otto an. Otto hat einen deutschen Stammbaum bis zu den Urahnen. Aber das Vornehme hat ihm nichts genützt – ich stürzte aufgeregt zum Gastgeber am Grill: «Dein Dackel steht auf dem Desserttisch!»

Die Leute haben herzlich über den verfressenen Dackel gelacht – kleine Dackel bekommen nie den Arsch voll. Nur liebevolle Klapse: «Ottilein, du Canaille! Du bist mir noch ein Schlemmerhund!»

Als die Leute dann beim Dessertbuffet anstanden, entschuldigte ich mich total vornehm: «Nein, kein Dessert für mich – nur einen Espresso. Nature. Ohne Zucker, bitte …»

Fitten statt fetten

Sie haben mir Sport empfohlen. Bewegung. NA DANKE. Das empfehlen sie mir nun schon seit bald 60 Jahren.
Schon mein Vater hat mir jeweils jenen liebevoll mitleidigen Blick geschenkt, den man ansonsten für Hängebauchschweine übrig hat: «Du bist nicht wie ich …»
NEIN. WAS WAHR WAR, WAR WAHR!
Während mein Vater vor dem Frühstück schon mal 1000 Seilhüpfer hinlegte, war ich noch immer bemüht, meine Brauen zu zupfen.
Heute hat mein Vetter den Vater abgelöst. Tom hüpft auch. Danach liegestützt er rauf und runter wie diese Luftpedale, mit denen man Gummimatratzen aufbläst.
Und wie mein Vater schaut auch er keuchend und nach diesem Schweiss miefend, der mir schon in den Turnhallen als junges schönes Kind den Magen gekehrt hat, zu uns Unbeweglichen rüber, ob wir ihn für seine Transpirationsausbrüche auch gebührend bewundern. TUN WIR JA! Aber dieser durchgedrehte Fitter soll uns doch in Ruhe fetten lassen!
«Du bist dreifach gefährdet», keucht Tom, nachdem er sich mit einem Frottiertüchlein seinen Schweiss abgerieben hat und die Fliegen im Crescendo um den Lappen surren. «Erstens bist du zu schwer. VIEL ZU SCHWER.»
Ach ja? Sagt mir doch mal was Neues!
«Zweitens», fährt Tom ungerührt fort und gurgelt einen dieser Drinks runter, die den Bizeps auf- und die menschliche Lust abbauen, «rauchst du. Das ist ganz schlimm und stinkt zudem!»
O.K. Ich finde Schweisssöckchen stinken arger. Aber ich sage nichts. Ich habe bald Geburtstag und will mir mein Geschenk nicht verscherzen.
«Und drittens nervst du dich, weil du in keine Hose mehr rein-

kommst. Und wenn du dich nervst, steht der Herzinfarkt im Vorzimmer!»

O.K., ich wollte am ersten warmen Tag diese aquamarinblauen Bermudajeans anwerfen, von denen schon ein stadtbekannter Filmproduzent gesagt hat: «Das ist der wahre Stoff, aus dem der Horror gewoben wird.»

Obwohl ich also zehn Sekunden lang den Atem anhielt und dann aus einer kleinen Ohnmacht auf dem Sofa erwachte: SIE GING NICHT ZU. ES GING ÜBERHAUPT NICHTS. UND MAN KANN DIE HOSE NICHT MEHR AUSLASSEN. SIE IST AM FADENSCHEINIGEN LIMIT WIE MEIN GELBES KONTO.

Ich gebe zu, dass ich da für ein paar Minuten eine starke Depression durchmachte, die ich dann aber mittels zwei Riegeln Mars sofort wieder in den Griff bekam.

Schlimmer wurde es erst, als ich mir ein paar Bermudajeans in meiner wahren Grösse (mit Reserve-Innenbahn zum Auslassen) kaufen wollte.

Die einzige Kleidung, die sie mir anbieten konnten, war einer dieser modernen Umstands-Hosenröcke mit Gummizug…

Ich betrachtete mich im Spiegel. Und was ich sah, war nicht schön, sondern ein erschreckender Abklatsch von einer Frau aus «Nicht ohne meine Tochter».

Und da habe ich in einer unbedachten Sekunde zu meinem fitten Vetter gesagt: «Ab morgen treibe ich Sport!»

ABER DAS WAR DOCH NUR EIN SCHERZ! Und noch lange kein Grund, mir auf den Geburtstag dieses schreckliche Velo mit dem Pulsmesser zu kaufen!

Vom Wunsch, Fee zu sein

Als Kleinkind wäre ich gerne eine Fee gewesen. Als Gross-Kind auch.

Ich meine: Die anderen Buben machten mich als Cowboys zum Sklaven. Sie missbrauchten mich als Goalpfosten und spielten durch mich hindurch Fussball.

Nur ich träumte immer davon, eine Fee zu sein.

Vermutlich kam der Traum aus der Märchenwelt, in die ich jeweils einstieg, um den Mief von bohnernden Blochern und «Zieht die Schuhe aus!» zu vergessen. Ich wollte eine Welt, so süss wie Tubenkondensmilch und in der es nach Hyazinthen duftete – nicht nach verkochtem Kohl oder Kabeljau, dessen Bratschwaden mir 30 Jahre lang jede Lust auf Fisch vereitelt hatten.

Ich wollte auch eine königliche Mutter, die huldvoll winkend in einer Kutsche durch die Strassen gefahren würde – und nicht diese gestresste Mama auf dem klapprigen Solex, wo das Kind wie ein Pfund welker Lauch auf dem Gepäckträger hinten angeschnallt mitwippelte.

Feen konnten alle Wünsche erfüllen. Und ich wäre gerne eine Fee gewesen, weil ich dann meiner Grossmutter die längst versprochene, goldene Terrasse hätte hinzaubern können. Grossmutter wohnte nämlich terrassenlos. Sie hielt sich ihr Fässchen mit Malaga sowie die 14 Kaninchen in der Küche. Ich wollte als gute Fee diesen einzigartig süss-säuerlichen Gestank von Kaninchenmist und verschüttetem Malaga – Wippediwappediwuu! – wegzaubern, damit sich meine Mutter nicht immer bei Vater den Mund darüber verreissen konnte.
Ich hatte den guten Willen. Aber ich war machtlos. Mit fehlte der Stab samt Zauber.

Als erwachsener Mensch wurde mir bewusst, dass die Sache mit der Fee immer ein Märchen bleiben würde. Das war im Spielcasino von Istanbul, wo ich meine Mutter an den Roulettetisch zerrte: «Ich habs im Griff und ich habs im Gefühl – heute wirst du das grosse Glück machen. Setz alles Geld auf die magische 17!»
Da meine Mutter einer Frauengeneration angehörte, die blindlings das machte, was die Männer ansagten, leerte sie das ganze Feriengeld auf die 17. Ich flüsterte: «Wippediwappediwuu, die 17 kommt im Nu.»
Es war dann die 22 und wir sind fünf Tage früher aus Istanbul abgereist.
Ich habs dann noch als Kuppelfee versucht und in einer TV-Sendung namens «Wippediwappediwuu – deine Partnerin und du» Beziehungskisten angemischt. Aber auch das endete nach ersten Höhenflügen stets als Desaster und dem Ruf nach einer Prise Arsen.
Ich frage mich, wo die Grimms und Hauffs all diese Feen herhatten, wo es sie doch gar nicht gibt. Vermutlich war da am Anfang auch einmal so eine sentimentale Tucke, die gerne die Welt verändert hätte.

PS: Heute haben Zauberstäbe die Form von Bomben, Raketen und cachierten Selbstmordattentätern. Sie sind effizienter als die lächerlich dünnen, magischen Steckchen. Den politischen Hexern dieser Welt genügt ein Druck auf den Knopf: Wippediwappediwuu – und die Welt hat ew'ge Ruh.

Sex

Sex ist in aller Munde. (Dieser Satz ist im übertragenen Sinne zu verstehen.)
Wer Sex lebt, redet nicht darüber. Dieser Satz wiederum ist ein Ausrufezeichen. Denn die Kembserweg-Omi hat den Sex klar ausgedeutet: «Kaminfeger Wälterli macht bei seiner Russerei konstant anzügliche Bemerkungen. Natürlich überhöre ich das vornehm und schaue, dass er mir den Boden nicht vollsaut. Doch ich sage euch, bei dem ist punkto Sex zero los. ZERO, SAG ICH EUCH! Der redet zu viel davon.»
Meine Mutter schaute den Ärger ihres Alltags von der Seite an: «Du willst mir doch nicht weismachen wollen, dass *du* irgendetwas vornehm überhören kannst...»
«Worüber streitet ihr wieder!?», kam Vater von der Tramtour heim.
«Über Sex!», trompeteten ihm die beiden Frauen aus einem Munde entgegen.
Vater schwieg geniert. Und die Frauen freuten sich, wie seine Old Spice umwehte Birne purpurrot anlief. Vater war das lebendige

Beispiel für die These: Wer auf den Sexer-Schienen fährt, redet nicht drüber.
«Ist er nicht niedlich?», flüsterte die Omi. «Er errötet noch immer wie ein Dreizehnjähriger, als stünde Brigitte Bardot nur mit Nagellack bekleidet vor ihm …»
«Stille Wasser rauschen hoch», müffelte Mutter.
«Was gibts zu Essen?!», wechselte Vater hurtig das Thema.
«Fleischvögel», kicherte die Omi. «Und weisst du, an was mich Fleischvögel immer wieder erinnern …»
Die Kembserweg-Omi war schon 22 Jahre lang Witwe in Schwarz. Und somit entschuldigt.

Wie mimosenhaft Vater auf das Thema Sex reagierte, zeigte sich am Tag der Aufklärung. Wochenlang hatte Mutter ihn gelöchert: «Es ist verdammt nochmals *deine* Pflicht, ihn aufzuklären. Er ist jetzt in einem Alter, wo die Suppe überläuft, und an *mir* ist es doch nicht!»
Vater nahm dann endlich sein Herz mit der grossen Erfahrung drin in beide Hände: «Deine Mutter meint, dass ich mit dir über allerlei Dinge reden sollte.»
«Ah ja?»
«Nun – es geht da um Sachen wie Natur und dass alles ganz natürlich ist, was die Bienen mit den Pflanzen so treiben …»
«Hmmm.»
«Weisst du, wovon ich rede?»
«Ich vermute vom Honig?»
«Äähh – in gewissem Sinne auch das. Und wenn ein Bienchen ein Blümlein lieb hat …»
Hier kam er ins Wanken. Er, der das Matterhorn und die Jungfrau noch vor dem Frühstück bestiegen hatte, machte bei Bienchen und Blumen schlapp. Mit einem Hüsteln drückte er mir ein Büchlein in die Hände: «Da – lies das mal.»
Die Broschüre hiess «DU SOLLST ES WISSEN». Sie war keusch verschlossen.
Hinter verschlossener Türe hörte ich, wie Mutter Vater anfauchte: «Du Dussel – das ist doch die Ausgabe für Mädchen!»
«Eben», sagte Vater.

Er sprach nie viel darüber. Aber er war ganz klar der schweigsame Fachmann auf einem ganz grossen Gebiet.

Cremeschnitten

Sie müssen diese schweinchenrosige Fondantschicht auf dem obersten Blätterteigbalken haben. NUR DANN SIND SIE RICHTIG. Es gibt solche, die sind einfach mit Puderzucker überstäubt. Ich weiss nicht, was sich ein Bäcker bei so etwas denkt. Ich meine: Eine Cremeschnitte ohne den glänzenden Fondantguss in der Farbe eines Huts der Queen ist nur eine gewöhnliche Schnitte – wie die Queen ohne rosa Hut auch.

Der Guss macht es aus. Der Guss ist quasi die Krönung der Gier – um im aristokratischen Bild zu bleiben.

Unser lieber Vater mit dem Gemüt eines Putzeimers konnte uns das cremige Schnittenerlebnis mit Schenkelklopfsprüchen vom Feinsten zur Sau machen. «Im Militär gabs die auch immer wieder zum Dessert. Wir nannten sie Eiterriemen – uääääh.»

«Hans!», warf Mutter einen gepeinigten Blick zum Vater ihres Kindes. Und dann unsicher zu Tante Imelda. Diese zwitscherte sich in vornehm kleinen Gabelbissen die Schnitte rein und meinte mit gesenktem Kopf: «Ich habe nichts gehört, Lotti – aber ich hab dich immer vor ihm gewarnt!»

Dann stach sie die Gabel temperamentvoll in den rosigen Fondant und stellte sich genüsslich vor, der Riemen sei der vom Vater.

«Iss nicht so gierig», wurde das Kind ermahnt, das sich, kaum hatten die andern den ersten Bissen reingemümmelt, bereits mit der nassen Fingerkuppe die letzten Krümel auftupfte. «Weshalb kannst du nicht jeden Bissen 36 Mal kauen …?»

Ja, bin ich denn eine Seekuh? Mit dem 36 Mal Kauen haben sie mich auch bei Wienerschnitzel, Schwarzwäldertorte und Speck auf Bohnen madig gemacht. Ich bin nun mal der Staubsauger-Schling-Typ: drüber und weg!

Nun sind solche süssen Dinge wie Cremeschnitten natürlich seit

Jahren bei mir out. Cholesterin, Grösse 54 und Zahnfleischschwund sind nur einige der Schlagwörter, die mir das Süsse verbittern. Allerdings ist das medizinische Verbot reine Theorie. Praktisch kann ich an keinem Schaufenster vorbeigehen, in dem eine Cremeschnitte in der Auslage liegt. Wenn sie dann noch einen rosa Deckmantel auf der letzten Lamelle trägt … na ja. Der Staubsauger surrt! Sterben müssen wir alle. Und schöner ists mit Zuckerguss.
Mein Mentaltrainer hat mir empfohlen, beim Aufkommen der Gelüste an etwas Schreckliches zu denken. Ich stehe also vor der Bäckerei und denke an meine Steuererklärung. Oder an den Termin bei der Dentalhygienikerin. Oder an Tante Friedas offene Beine.
Zehn Minuten später sitze ich auf einer Parkbank und stosse drei Schnitten rein. Der Zuckerguss war stärker als das Schreckliche.

Kürzlich nun hat mich ein kleines Mädchen bei der schändlichen Tat im Park still beobachtet.
«Hau ab», knurrte ich die Kleine an. «Hast du keine Hausaufgaben?!»
«Mein Vater sagt den Cremeschnitten ‹Eiterriemen›», kicherte das Mädchen.
Die Zeit holt dich immer ein. Mit oder ohne Zuckerguss.

Problemfigur

«Nicht in *Ihrer* Grösse!», schnaubte die skelettdünne Verkäuferin angeekelt. Sie musterte mich, als sähe sie einen fetten Engerling in ihrem Salat.

DER ENGERLING TRÄGT GRÖSSE 54.

Ich hatte die lindengrünen Shorts in einer Nobelboutique gesehen. Sie kleideten eine heisse Schaufensterpuppe. Allerdings hatte die Puppe Grösse 36. Überdies einen polierten Waschbrettbauch.

Ich habe nichts von alledem. Ich habe nur ein Flair für lindengrüne Shorts. Aber: «Nicht in *Ihrer* Grösse!»

Ich erkundigte mich schüchtern, ob die Boutique irgendetwas Sommerliches für rundlichere Formen hätte und …

Das NEIN kam wie ein Pistolenschuss. Und dann: «Sie haben eine Problemfigur!»

JA HIMMEL – WESHALB GIBTS EIGENTLICH KEINE KNACKIGEN SCHAUFENSTERMÄNNER MIT BIERBÄUCHEN?

Sie reden immer von der Wirtschaftsflaute. BIERBAUCHPUPPEN WÄREN *DIE* MARKTLÜCKE!

«Danke», lächelte ich der Verkäuferin zuckersüss zu. Und streckte ihr meine Minzenpastillen hin: «Das ist gegen Mundgeruch – nehmen Sie eines. Sie haben einen Problemmagen …»

Sie erbleichte.

«Ach ja», drehte ich mich unter der Türe nochmals um, «Mundgeruch kommt immer aus leerem Bauch!»

Ich hasse Menschen, die den Mund zu voll nehmen und dabei spindeldürr bleiben!

Menschen im Hotel

In den Hotelzimmern ists am schlimmsten. Da packts viele wie ein Fieberschub. Die Hände flattern auf Turkey komm raus. Und das Adrenalin fährt Achterbahn.

In Trance öffne auch ich den Koffer. Mein Freund Innocent schreit auf: «Nicht schon wieder!» Dann will er mich ans Bett fesseln, doch nicht etwa um zu spielen …

Hurtig sammle ich alles zusammen: die in Zellophan eingeschweissten Hotelfinken, die Shampoo-Portiönchen und Miniatur-Seifelchen, die alle den Namen meiner Übernachtung tragen. Dann die Kugelschreiber, die kleinen Notizblöckchen und natürlich sämtliche Kleenexschachteln.

Die Morgenröcke lasse ich liegen, seit ich weiss, dass die armen Zimmermädchen den Verlust mit ihren miesen Schwarzlöhnen selber finanzieren müssen – aber so ein grosses Badetuch darf nicht bleiben. Das kommt in den Koffer. Hotelbadetücher sind strapazierfähiger als die kommune Ware, womit das Kaufhaus dich abtrocknen will.

Die Statistik sagt mir, dass 80 Prozent der Hotelgäste in den Zimmern klauen. ICH BIN ALSO IN GUTER GESELLSCHAFT.
Überdies steckts in den Genen. Schon Mutter hat unbarmherzig zugeschlagen. Es ging so weit, dass die Hotels bei ihrem Besuch das Frühstücksgeschirr an Ketten legten.
Innocent, die Rechtschaffenheit in Person, kann diese degenerierte Gier nicht akzeptieren. Seit er einmal in einem römischen Nobelrestaurant die Geschichte mit der Klorolle erleben musste, verlässt er kein Hotel, ohne meinen Koffer vorher gründlich durchsucht zu haben.
Es war in einer dieser Nobeloasen, wo die Kellner so vornehm sind, dass sie einander in Handschuhen begrüssen. Dieselben Kellner bewachten die Gäste wie amerikanische Soldaten die armen Gefangenen in Guantánamo.
NICHTS ZU MACHEN! Dabei hatten die Aschenbecher goldene Rändchen …
Auf der Toilette habe ich dann die zartrosa Klorolle mit Krönchen auf dem Papier entdeckt – da war die Versuchung gross. ZU GROSS!
Ich meine: Wer kann bei einer Sitzung schon zum königlich signierten Toilettenpapier greifen? Nur wenige Privilegierte.
Es war eine verdammte Knübliarbeit, die Rolle loszuschrauben. Aber ich habs geschafft und sie in meinem Mäppchen verstaut.
Später kam Innocent, dieser Dussel, leider mit dem Fuss ans Mäppchen. Es kippte. Und dann wurde es plötzlich still im Lokal. GESPENSTISCH STILL.
Lautlos entrollte sich das Klopapier von unserem Tisch weg an der ganzen Noblesse vorbei – vorbei an Stühlen und stumm staunenden Menschen. Blatt für Blatt mit Krönchen drauf.

Deshalb also nun das Theater, wenn ich im Hotel gründlich abstauben will. Innocent legt Ding für Ding wieder an seinen Ort zurück. Dann können wir gehen.
Beim Check-out kramt er in seinem Aktenkoffer nach der Kreditkarte.
«Oh», sagt die Dame an der Kasse eisig, «oh, das habe ich ja gar nicht berechnet!»

Mit spitzen Fingern zupft sie meinen geklauten Aschenbecher aus Innocents Köfferchen hervor. Ich schaue pfeifend aus dem Fenster. Wie gesagt: Es sind die Gene.

Könige

Vater sprach kein Englisch. Aber «I'm the King» hatte er drauf. Mehr noch: Er glaubte daran. Und hielt sich einen stattlichen Staat von Hofdamen.
Seine Schwiegermutter tat sich schwer mit seinem Status: «Der, ein König?! Wo er das Spiegelei mit dem Messer verquetscht und an jedem Rotlicht in der Nase bobbelt? – Bewahre. Dein Vater hat die beschissenen Diktator-Allüren eines Zulustammhäuptlings und den Comment eines Wildesels. Das muss auch einmal gesagt sein …!»
Sie sagte es oft. Und sagte es laut. Und weil er mit dem Sechser-Tram in die Vorortgemeinde Riehen fuhr, nannte sie ihn gerne auch «Prinz von Riehen».
Ich wäre sehr gerne Vaters Riehemer Prinzessin gewesen. Aber das interessierte niemanden. Ich war einfach nur «das Kind». Wert- und geschlechtsneutral.

Lediglich Kembserweg-Omi liess das blaue Blut in meinen Adern rauschen. Sie fütterte mich mit Märchengeschichten und der wunderbaren Welt der Gebrüder Grimm.
Da war kein ungeküsster Frosch in meinem nähern Umgebungsradius. Und stundenlang lümmelte ich mit einem angebissenen Apfel auf der Couch, streckte alle Viere von mir und hoffte, irgendein Prinz auf Ross würde mich Mund-zu-Mund beatmen.
ES KAM KEINER. Auch kein Ross.
Der einzige, der kam, war der Gasmann, der den Zähler ablesen wollte und zu meiner Mutter, der eigentlichen Queen Mum des Geschehens, pflaumte: «Ihr Bub hat aber eine zünftige Macke – den würde ich mal kalt abduschen!»
Queen Mum blieb Dame: «Wir können im Leben nicht alle das Gas ablesen, lieber Mann – guten Tag!»

Dann setzte sie sich neben mich auf die Couch: «O.K., ich schnalle es: Leute wie du haben es schwer. Den ersten Adoptionsplatz, der bei den Buckinghams frei wird, melde ich dir gerne – und jetzt stell dir mal vor, wie deine Familie mit so etwas bestraft ist, das mit einem Pappkrönchen und einem alten Vorhangfetzen im Haar auf der Couch Schneewittchen spielt …»

In der Schule hatten alle ihren Übernamen. Ich wäre gerne «Sissi» gewesen. Aber sie nannten mich «Helvetia». Es war gut gemeint – aber nicht dasselbe.

Natürlich interessierte ich mich brennend für alles, was die Nobelhäuser so trieben. Ich war Experte in sämtlichen Etikettenfragen des königlichen Haushalts und in der Tonart bereits so weit, dass ich Onkel Alphonse mit «James, bringe er mir eine gut durchrüttelte Ovomaltine» begrüsste. Er gab mir eine gutmütige Kopfnuss und grinste: «Na Dummi, wieder mal auf dem Blaublut-Trip?»

Immerhin: Der 6. Januar wurde *mein* Tag im Jahr. Ich kaufte mir einen Königskuchen, fingerlte mich durch alle Kugeln, bis ich auf das Glück stiess, und schrie verzückt: «Oh, das ist ja nicht zu fassen: Ich bin es!»

Die Familie verdrehte die Augen und ging in die Knie. Ich hievte mir das Pappkrönchen in die Locken und drapierte mich auf die Couch. «Holt mir einen Prinzen!», befahl ich.

Prompt klingelte wieder der Gasmann.

Man kann vom Volk nicht mehr erwarten.

Brautkleid

Bräute sind weiss. Tüllig. Und meistens haben sie einen Blumenstrauss in ihren zarten Händen. Einen zumeist länglichen Fetzen, der sich an jeder Beerdigung als Sargbouquet bestens machen würde.
Die Männer neben den weissen Bräuten sind schwarz. Zumindest, was ihre Kluft betrifft. Wenn es hoch hergeht, sehen sie aus wie wienerische Droschkenkutscher oder dieser Diener, der immer an Silvester über das Eisbärenfell (oder ist es ein abgeschossener Löwe?) stolpert.
Jedenfalls ist Heiraten eine weiss-schwarze Angelegenheit. Und in neun von zehn Fällen schleppend. Dies allerdings nur auf der Brautseite. Hier ist die Schleppe am Rock das Wichtigste. Und wichtig ist natürlich auch der Schleier. Keine Feier ohne Schleier!

Als ich Kind war, hing in der Stube unserer Dreizimmerwohnung ein gold gerahmtes Foto über dem Buffet. Im Rahmen zeigten sich meine Eltern – schwarz-weiss getraut.

Vater trägt auf dem Foto einen teerfarbigen Anzug mit heller Fliege, Mutter hat man eine Drahtkrone ins Haar gedrückt. Die Krone ist mit Tüll umwolkt.
«Es war die totale Tortur», hat Mutter immer erzählt. «Am Krönchen war der Schleier befestigt. Und dieser Schleier war ellenlang. Das Brautkleid hatte keine Schleppe – das wäre zu teuer gekommen. Also musste der Schleier die Schleppe hergeben ...»
An dieser Stelle bekam Mutter glänzende Augen: «Frau Marti, die mir das Kleid nach einem Zofinger Schnittmuster geschneidert hatte, suchte für diesen Schleier einen Vorhangstoff aus, der feinmaschig war.»
Die Tüllpracht, die eigentlich zur Abdeckung eines Schlafzimmerfensters gedacht war, brezelte die Schneiderin dann rund um die Drahtkrone auf. Und da der Schleier gute sechs Meter lang war (man musste ihn nämlich für das Brautfoto die Treppe runter drapieren können – das war der letzte Schrei), sollte er beim Gang zum Altar von unschuldigen Kinderhänden getragen werden.
«HA! UNSCHULDIGE KINDERHÄNDE!»
Hier funkelten Mutters Augen jeweils wie speiende Vulkane: «Hätte ich nur auf Emmi gehört.»
Emmi war von Anfang an gegen Kinder am Kleid. «Kinder und Hunde verhunzen dir jedes Fest», hat sie mich gewarnt. «Aber natürlich wollten die Cousinen deines Vaters, dass ihre Rotznasen als Schleppenträger gross rauskommen – und ran an den Tüll! Als ich in die Kirche schritt und die Orgel ‹So nimm denn meine Hände› spielte, da haben die kleinen Vettern an der Schleppe gezogen wie Oesters Lisette am Bricelet-Teig. Jedenfalls gab es einen Ruck durch mein Haar – und weg war die Krone. Dein Vater hat sich am Altar fast krumm gelacht und die ganze Festgesellschaft mit ihm – das war ein Tohuwabohu, sodass der Organist hurtig auf ‹Grosser Gott wir loben dich› umorgelte. Mir liefen die Tränen nur so runter und alle dachten, es sei die Rührung – es war aber die blanke Wut im Bauch!
Damals habe ich mir geschworen: Wenn ich wieder mal heirate, dann im Kurzen und ohne schleppende Kinder!»
Als ich nun vor ein paar Tagen Delia, mein Patenmädchen, zum

Altar führen sollte, freute ich mich auf die Schleppe. Den Schleier. Und das Krönchen.
DOCH SCHRECK, LASS NACH: Delia kam in shocking pink und kniekurz!
Sie tätschelte mir die Wange: «Ach Alterchen – weisse Bräute gibt es doch nur noch in Soap Operas und in Reklamen!»
So ist unsere Familie nie zu einer richtigen Schleppe gekommen.

Tattoo

Am liebsten hätte ich die Rose gehabt. Sie blühte im Tattoo-Katalog auf Seite zwölf. Es war die Sorte der stolzen Baccara. Doch statt Dornen hatte sie eine gewundene Schleife mit Grossschrift: DIE LIEBE ZU DIR IST ERFRISCHEND WIE BIER.
«Natürlich können wir auch einen Namen in die Schleife nehmen», meinte Tattoo-Stichler Stich. «ROSA, IMELDA, GERTRUDE …»
Man sieht – hier hatte die künstlerische Fantasie von Stich ihre Grenzen. Hier ging sie ab in sture Schablone. Und solches hatte mein Adrenalin stets auf Hundert gezündet.
«Geht auch HUGO, JOSEF, KARL-HUBERT?», provozierte ich.
«Aha», sagte Herr Stich. «Aha», sonst sagte er nichts.

Zehn Minuten vorher hatte er mich auf Meerjungfrauen spitz machen wollen. Meerjungfrauen waren seine Spezialität. Die Damen hatten Busen und Schuppen – beides bringts mir nicht.
Nun blätterte Stich etwas pikiert zur Seite 63. Hier waren Tarzan, Robert Redford und Harry Potter – er fuselte sich den Mund wund wie ein Staubsaugervertreter: «Das ist etwas kostspielig. Aber sie hätten Tarzan immer auf sich …»
Einen launigen Moment lang überlegte ich, wie es wäre, Robert Redford auf dem Oberschenkel zu haben …

Onkel Jules hatte TAMARA. Tamara war eine Jugendsünde gewesen. Jules glaubte an das Ewige und liess sich von einem Pfuscher die Liebe eintätowieren: «Tamara – für immer».
«Für immer» hat dann sechs Monate gedauert. Der Zoff um Tamara blieb. LEBENSLÄNGLICH. Denn nach Tamara kam Tante Betty. Und wenn Jules sie umarmte, hatte die Ärmste stets «Tamara – für immer» vor Augen.

Im 14. Ehejahr baute die Tante schliesslich eine Beziehungskrise. Sie forderte, dass «Tamara – für immer» aus Jules Leben verschwindet.
Jules nahm einen Kleinkredit und unendliche Operationsschmerzen auf sich. So wurde es entfernt.
An kühlnassen, rheumatischen Tagen aber entzündete sich die Stelle – und die Weggehäutete kam wie durch Nebelwolken aus einer besseren Welt zurück. Leicht errötet erinnerte sie an schönere Tage.
Daraufhin verliess Betty den Onkel. Sie lebte noch 18 Jahre mit einem total behaarten Kaminfeger zusammen.
Zu Jules Zeit hatten nur Matrosen, leichte Mädchen und schwere Jungs ihr Fleisch tätowieren lassen – abgesehen von den Nummern-Tattoos bei Zuchtkühen und Saftschweinen.
Seit uns aber die junge Welt Busen mit schwarz gestichelten Fledermäusen zeigt und mir kürzlich gar ein Bauchnabel als Madonnas linkes Auge zugezwinkert hat, kommt sich unsereins ohne Tattoo nackt vor.
Deshalb also der Besuch beim Tätowierer im Körperstichkabinett.
Der bewegte sich mittlerweile auf neutralerem Boden: «Ein gaukelnder Falter ist auch immer etwas Schönes …»
Soll mein Freund Innocent einen verspielten Schmetterling umarmen, der schon bald in bauchige Fleischfalten abstürzen wird?
«Danke», sagte ich. Und liess den Stich Stich sein.
Für immer.

Frühstücksgeplänkel

Er nervt! Manchmal geht er mir so richtig auf den Wecker. Dies schon vor den Todesanzeigen.
Vermutlich macht einen das Alter sensibler. Man ist nicht mehr gewillt, alles durch die rosa Brille zu sehen. Kurz: Man nervt sich schneller und grüner. Und wie gesagt: Er nervt gründlich.
Das hat schon in der Nacht angefangen. Denn er schnarcht.
Immer, wenn er zu viel getrunken hat, rüsselt er, dass auch in der übernächsten Strassenreihe die Mauern ihren Verputz rieseln lassen. Dabei sollte er gar nicht trinken. GAR NICHT! Der Blutdruck ist immer auf tausend hoch zehn.
Ein Gläslein pro Abend ist erlaubt. EINES! Aber füllen sie ihm mal nur ein Gläslein. Das ist doch, als würdest du dem Dackel mit der Wurst winken.
Nachdem also die Flasche geleert und die Blutdruckpille mit dem letzten Schluck Roten runtergespült war, grabschte er nochmals nach den Nüsschen. Und hooverte sich eine Hand voll rein.
Unsereins muss dann wieder hören, dass ihm keine Hose sitzt. Und: «Du kochst einfach viel zu fett!» Auf solche Reden hin koche ich dann wirklich. Und zwar innerlich vollfett.
Natürlich ist er sofort hinüber. Ich liege wach und denke immer: «Hoffentlich kann ich einschlafen, bevor er schnarcht … hoffentlich kann ich einschlafen, bevor er schnarcht … hoffentlich kann …» DA SÄGT ER SCHON LOS.
Ich knalle ihm den rechten Ellbogen in die Seite. Er dreht sich. Und schnarcht nun gegen die Aussenwand.
Nach zehn Minuten klopft es energisch an die Mauer. Frau Schneeberger aus der Wohnung nebenan grüsst schon seit Jahren nicht mehr. Innocent störts keine Bohne.
«Alter Giftzahn» nennt er sie. Sie ist 20 Jahre jünger als er.

Nun hockt er also am Frühstückstisch. Vor mir ist eine Zeitung mit den Todesanzeigen. Hinter der Zeitung vernehme ich seine Stimme: «Nimmt mich nur Wunder, wie die in Bern regieren wollen … hats noch heissen Kaffee? Der hier ist kalt!»
Ich schaue nochmals auf die Todesanzeigen und denke dabei arg Wüstes. Dann schlurbe ich zur Espressomaschine und drücke einen Cappuccino «koffeinfrei» raus.
Nun lässt er sein Leibblatt sinken: «Gibts eigentlich keine Espressomaschinen, die den Morgen leiser einläuten? Das ist ja, als würde ein Jumbo starten!»
«Ja, willst du nun einen heissen Kaffee oder nicht?», antworte ich ziemlich gereizt.
Er putzt seine Brille: «Früher hast du noch den Kaffee mit heissem Wasser in diesem Melittafilter aufgeschüttet. Irgendwie duftete die ganze Küche nach Frühstück und Morgenglück. Du hast dann die Kanne mit einem daunenartigen Kissen überzogen – und wir hatten immer heissen Kaffee. Herrlichen Kaffee. Dabei war dies noch zu einer Zeit, als wir keine Zeit hatten.
Und heute, wo wir die Zeit haben, machst dus auf die Schnelle. Du drückst hurtig auf einen Knopf. Und das Resultat ist eine Küche ohne Kaffeearoma und ein lauwarmer Cappuccino! Übrigens – was macht mein Drei-Minuten-Ei?»
Ich: «Denk an dein Cholesterin!»
Er: «Du liest keine Zeitungen – das ist alles überholt. Man kann wieder so viele Eier essen wie man will. Die neusten Studien haben ergeben, dass das Ei das Gelbe vom Ei ist. Auch ernährungstechnisch!»
Nun werde ich aber doch leicht muffig. Was braucht er ein Drei-Minuten-Ei, wenn er sich schon sechs Scheiben von der «Du darfst»-Wurst reingeschoben hat?
Deshalb: «Man sollte im Alter nicht mehr zu viel essen – schon gar keine Wurst! Keine Eier. Kein Fett. Und keinen Käse. Kein …»
«WILLST DU MIR DEN TAG VERSAUEN?»
«… und keinen Alkohol», fahre ich ungerührt fort.
«Aha. Und weshalb reden alle vom Champagner-Frühstück?»
Jeder weiss, dass Champagner-Frühstücke nur auf der Leinwand

vorkommen. Und zwar in lederhosigen Heimatfilmen oder in Krimis. Ich persönlich kenne keine normale Familie, die den Tag mit Champagner beginnt. Selbst Königin Elisabeth nimmt – zumindest wenn man den Memoiren ihres Butlers Glauben schenken will und weshalb sollte man einem so schön livrierten Herrn nicht glauben – also, selbst die Queen trinkt zum Frühstück nur Ovomaltine.

Nun lächelt Innocent süffisant: «Ich verlange ja gar keinen Champagner. Ich möchte nur einen heissen Kaffee – und ein Drei-Minuten-Ei!»

Das gab mir den Rest. Er bekam sein Ei. Allerdings nicht à la drei Minuten, sondern roh und sekundenschnell. Es kam direkt vom Eiskasten angeflogen.

Daraufhin grosse Szene: Ich werfe mich heulend über den Tisch. Die Nerven liegen blank. Er putzt schweigend die Schalen, den Dotter und das flutschige Eiweiss zusammen. Dann lächelt er: «Du solltest wieder mal eine Spinatkur machen – das stählert die Nerven!»

Ich schneuze in mein Taschentuch: «Nein. Aber ich sollte mal wieder gut durchschlafen können. Dann wäre ich morgens nicht fix und fertig!»

Er schaut mich an: «Jetzt, wo dus sagst: Ich habe auch die ganze Nacht kein Auge zugetan!»

Wie gesagt: er … na ja, siehe Anfang …

Ying und Yang

«KAMPF DER WAMPE!», posaunte Evchen. Und schüttete sich ein Glas Lambrusco nach. Der perlende Rotwein schäumte über – und das tat auch Evchen mit Energie geladen wie die Mastsau mit Mais: «Wir besuchen diesen chinesischen Fitnesskurs. Hast du das Plakat gesehen?»

Hatte ich. Es war ein weniger fitter als fetter Buddha, der mit hintergründigem Lächeln zur «Balance von Geist und Körper» aufrief. Darunter in grellem Orange: «Ying und Yang in einem Klang.»

Evchen schob sich ein dickes Stück vom Doppelrahm-Gorgonzola nach: «Ich habe mir gedacht, mit Ying und Yang wirds nicht ganz so arg wie in der Fitnesshalle… na ja, chinesisch sanfter, irgendwie. Weisst du noch, wie ich das letzte Mal vom Laufband gespult bin…?»

Ich weiss. Sie reparieren den Boden immer noch. Und als sie den Fitnesstrainer, bei dem Evchen wie ein Meteorit einschlug, von der Matte gekratzt hatten, schaute der mit traurigen Augen von der Barre: «Ich habe doch gesagt: Geschwindigkeitsstufe 1 … nicht 10!»

Na ja – so etwas konnte uns mit dem milden Buddha bestimmt nicht passieren. Also schrieben wir uns an der Theke des Fitnesshotels mit dem fröhlichen Namen «Mamma mia» ein. Und standen bald schon pronto auf der Matte.
Unser Outfit entsprach wohl nicht ganz Ying und Yang. Evchen erschien in einem zart grünen Kunstseidentrainer. Sie sah aus wie ein Heissluftballon, der in der Weide gestrandet war. Ich: hauteng in Weiss. Dazu politisch korrekt: das knallrote Stirnband.
Die Ying-Tante schaute, als wollte sie uns beide auf der Stelle umspritzen: «Das hier ist kein Kostümball. Und auch keine X-Bein-Demonstration. Das ist chinesische Gymnastik – ich bin Rosa aus Glottertal.»

Viel später haben wir herausbekommen, dass Rosa in ihren unchinesischen Jahren, als sie noch weniger für Ying-Gymnastik, sondern mehr fürs Währschafte geschwärmt hatte, während ihres Billigurlaubs in Abano ein Auge auf Orfeo geworfen hatte. Orfeo war Fangoträger. Doch Rosa trug er anderes zu. Na ja – jedenfalls blieb sie im Schlamm stecken. Und liess Glottertal Glottertal sein.
Als Orfeo sie dann wegen einer andern Fango-Schlammenden, die mit Ferrari und ZH-Nummernschild angebraust war, verliess, da wandte sich Rosa dem sanfteren Buddha zu. Sie suchte das Glück im Yang. Und lässt seither den Frust an ihren Mitturnern aus.

Die Töne in der alten, nach Schweiss und Turnsöckchen müffelnden Turnhalle waren zart. Sphärisch.
Überirdische Glöckchen bimmelten sich durch Staub und Gebälk. Auf einem verlotterten Tischchen flackerte eine orange Kerze. Dahinter sass Buddha in Yoga-Stellung, dieser unbequemen Position, die wir einst Schneidersitz nannten. SO SOLLTEN NUN AUCH WIR …
So etwas ist bei Menschen, die sich nicht von Magerjoghurt und Korn allein ernähren, schwierig. Jedenfalls mussten die übrigen Ying-und-Yang-Jünger entsetzt zuschauen, wie es uns wild auf der Matte herumkegelte. Wir fanden alles – nur nicht das äussere Gleichgewicht. GESCHWEIGE DENN DAS INNERE.

Evchen kippte nach rechts, nach links – ich kopfvoran. Rosa spukte hysterisch Gift und Galle: «JA TEUFEL NOCHMALS, könnt ihr den Arsch nicht endlich ruhig halten ...?!»
DA WAR DER GLOTTERTALERIN DAS YING ABER GANZ SCHÖN DURCHGALOPPIERT.
Evchen rappelte sich an der Sprossenleiter hoch. Keuchte vier Mal durch. Und machte auf Abschiedsvers: «Ying und Yang mir kreuzweis kann!»
Am nächsten Morgen schrieben wir uns für einen venezianischen Kochkurs ein ...

Hühneraugen

Zuerst wars ein zarter, sanfter Schmerz. WEHWOHL.
Das Wort «wehwohl» benutzt mein physiotherapeutender Vetter, wenn er seine Pranken wie zwei Hartgummispaten in den Nacken der Patienten knallt: «Zuerst tuts weh. Dann wohl.»
WEH DEM, DERS GLAUBT. Wohl tuts nur dem sadistischen Vetter!
Doch genug geklagt. Wenden wir uns dem Thema des Tages zu. Dieses hat Schuhgrösse 43. Und schmerzt.
Mein Fuss hatte schon seit Tagen in einem leisen Grimmen vor sich hingelitten, als der mittlere Zeh ganz plötzlich wild zu pochen begann. Ich rief nach einem Taxi. Innocent bekam Flöhe: «Jetzt sei doch kein Weichei!»
Dann habe ich mitten auf dem Marktplatz meinen rechten Schuh ausgezogen. Und Innocent machte gleich eine Oper draus: «Ach Gottchen, fängt dieses Theater wieder an? Für einmal hast du nicht deine Karre unterm Hintern und schon brichst du zusammen ...»
(Er hat nicht «Hintern» gesagt. Er benutzte ein einsilbiges Wort ...)
Ich rollte also die Socke von den Zehen – da grinste es mir zu: rot leuchtend wie eine Verkehrsampel. EIN HÜHNERAUGE.
Punkto Hühneraugen habe ich bis heute keine Erfahrungen gehabt – nur Erinnerungen:
Bei der Kembserweg-Omi gabs immer irgendwelche von diesen warzenähnlichen Dingern. Die Omi weichte vor der Operation «made in Kembserweg» ihre Zehen stundenlang in einem Becken mit Essigwasser flauschig. Dann griff sie zu Vaters Rasierklinge. Sie säbelte am Übel wie der Churer Albi am Bündnerfleisch. Schon blutete das Ganze wie eine abgestochene Sau.
Gespannt wartete ich jeweils, bis die Omi mit einem leisen Pfeifen zusammensackte – Mutter holte sie mit Eiswickeln und Melissengeist fauchend in diese Welt zurück: «Was musst du dir deine

Hühneraugen auch selber operieren … du weisst doch, dass du kein Blut sehen kannst. Es gibt dafür Fachleute!»
Die Omi schniefte: «Weisst du, was die kosten? Unsereins will wenigstens so viel Geld hinterlassen, dass ihr mir eine anständige Beerdigung zahlen könnt!»
Als dies kam, verkündete Onkel Alphonse pathetisch vor dem offenen Grab: «Die Gute hat ihre Hühneraugen für immer geschlossen …»
Am Leichenmahl wurde noch lange über diesen Fauxpas gesprochen und auch darüber, was gegen Hühneraugen am Wirksamsten sei. Die einen schworen auf «Lebewohl» und Tante Mizzi behauptete, das Ganze stecke in den Genen.

«Clavi!», nickte mein Apotheker Müller, als ich ihm den Fuss hinstreckte. «Das ist der lateinische Ausdruck für Hühnerauge. Wichtig ist, dass die Wurzel entfernt wird und …»
Müller hielt einen kurzen Moment inne. Dann schaute er mich strafend an: «Bei ihren breiten Plattfüssen und diesen engen Schuhen muss sich weiss Gott keiner wundern, dass ihre Zehen die Augen verdrehen …!»
«LEBEWOHL!», fauchte ich. Und: «Adieu!»

Zur Pédicure habe ich mir ein Taxi geleistet. Der Taxichauffeur öffnete mitleidig die Türe, als ich angehumpelt kam: «Da können Sie gar nichts dagegen machen – das steckt in den Genen!» Dann schaltete er die Uhr ein.
Meine Abdankung wird dereinst wohl nicht im selben üppigen Rahmen wie bei der Kembserweg-Omi stattfinden.

Anmache

Er linst zu mir. Unentwegt Ich-versuche-wegzuschauen. Cool bleiben, die ganze Situation ignorieren. Denn ich kenne die Situation, kenne sie zur Genüge: KLARE ANMACHE. Dies zu einer Zeit, wo anständige Menschen ihr Quick-Süppchen unter dem Heisswasserhahn anrühren. Ich brauche Ihnen das Gefühl nicht lange zu beschreiben: Sie spüren es im Genick. Irgendetwas beobachtet Sie. So etwas hat man im Gefühl: Big Brother is Watching You!
Zugegeben, wir werden täglich überwacht. An diese Form von Kameraspiel hat sich die Menschheit bestens gewöhnt. Wir strecken der Linse einfach die Zunge raus. Oder wir tippen an die Stirn und zeigen dem unsichtbaren Kameramann den Vogel.
Heribert, ein guter Freund und Kriminalinspektor, der nach Raubüberfällen, durchschnittenen Kehlen, Vergewaltigungen im Soussol und Kindsentführungen stundenlang solche Filme abspulen muss, hat mir einmal gesagt, in diesen langen, traurigen Stunden würden ihm hunderte von Menschen den Vogel und gar tausende die herausgestreckte Zunge zeigen. Einer habe gar mal vor der Linse

die Hose runtergelassen und ihm auf dem Monitor den Allerwertesten entgegengestreckt. DAS SIND KEINE ERFREULICHEN AUSSICHTEN.

Doch zurück in den Supercenter, dem Ort der miesen Anmache: Der Kerl steht noch immer unbeweglich zwischen Nescafé und Betty Bossis Rüstgemüse. Zugegeben – er sieht bedeutend attraktiver aus, als eine Überwachungskamera. Sein Blick hat dieses gewisse Etwas, das mir bei Robert Redford schon immer in die Eier fuhr.
Trotzdem – so leicht fällt Mutters Schönster nicht um. Doch selbst die Kembserweg-Omi hätte zugegeben: ER IST ZUM ANBEISSEN UND HAT DIESE LEICHTEN VORSTEHZÄHNE, DIE SEXUELL AUSSCHWEIFIGES VERSPRECHEN.
Das mit den Vorstehzähnen war Omis Credo.
Ich versuche, nicht an diese Zähne zu denken. Versuche, mich mit dem Angebot der Punkte-Pfannen abzulenken. Kurz: Ich versuche, die heissen Gedanken, die wie eine Herde bunter Luftballons in mir aufsteigen, zu ignorieren. UMSONST.
Die Säfte stauen sich in mir, wie der Rhein vor dem Fall in Schaffhausen. Meine alten Knochen vibrieren wie der batteriegespiesene Cappuccino-Schaumschläger. Und durch mich zuckt ein Beben, das Frühling und Lust heisst.
Natürlich weiss ich auch, dass ich keine 18 mehr bin. Das wird mir von der Werbung, meinem Arzt und meinen lieben Kollegen täglich auf den Bauch gebunden. Immer wieder muss ich hören: «In deinem Alter solltest du …» Oder: «Wenn man mal über 50 ist …»
JA HIMMEL, SOLLEN DENN ALTE MENSCHEN KEINE LUST MEHR HABEN? Und läutet die Osterglocke nicht für ALLE?
Ja. Er steht noch dort.
Seine Augen sind noch immer auf mich gerichtet. Er ist nicht wie diese unterwürfigen Affenweibchen, die den Blick senken. NEIN. ER BOHRT SICH GERADEZU IN MICH.
Ich weiss, dass Innocent ihn mir gönnen würde. Wir führen eine offene Partnerschaft. Wäre sie geschlossen, so wäre der Frühling wie das Popcornhüpfen in einer Pfanne mit Deckel drauf.

Ich gehe also zu ihm. Und lächle: «Gestatten Sie?»

Zu Hause erwartet uns mein Freund schon an der Türe. «Aha», grinst er, «ich habs geahnt. Hast nicht widerstehen können?!»
Und dann machen wir uns über den Kerl her. Innocent beisst ihm in den Bauch. Ich nehme die Ohren – denn die Ohren sind bei diesen Schoggihasen immer das Heisseste!

Anti-Aging

Er stand an der Kasse der Imbissecke. Auf seinem Tablett lag eine Banane. Und ein Joghurt nature. Das Männchen war drahtig dürr. Und es war Alfred.
Ich musste drei Mal hinschauen, zwei Mal schlucken: War *das* Alfred, für den ich in der sechsten Klasse seine Aufsätze schrieb, damit er mich im Turnen nicht als Letzten (sondern als Zweitletzten) in sein Stafettenteam wählte?
Alfred war stets die Sportskanone der Klasse gewesen. Überdies war er das markant gemeisselte Mannsbild, dem die Herzen zuflogen. Auch meines flog – aber es prallte an einer damals straff trainierten Brust ab.
Alfred stand wohl auf meine Aufsätze. Aber nicht auf meine Grundsätze. Seine Flamme brannte für Edna. Sie hatten einander beim Training fürs Fallschirmspringen kennen gelernt. Da konnte ich nicht dazwischen springen.
UND NUN ALFRED MIT BANANE!
Ich peilte ihn von hinten an. Klopfte auf seine Schultern: «Na Alfred – du alte Canaille!»
Er konnte eben noch den Joghurt vor dem Kippen retten und äugte entsprechend säuerlich hoch: «Was soll das?»
«Hey, ich bins. Dein kleiner Ghostwriter und der grosse Albtraum der Stafettenmannschaft!»
In seinen wässrigen Äuglein schien es zu dämmern. Jedenfalls knurrte er: «Hätt ich mir ja denken können.» Und dann: «Hast du gehört – Hans-Heinrich ist gestorben.»
TYPISCH ALFRED!
Da trifft man einander nach 30 Jahren und er serviert mir gleich Dramen im Multipack. In der Schule war das genauso – er jaulte beim Stafettenlauf schon bevor ich den Stab überhaupt fallen liess.

«Du siehst ja blendend aus», log ich. Und er leckte das Kompliment durch die schaukelnden Drittzähne rein.
Dann hechelte er meckernd: «Na ja – ich tue auch etwas gegen den Zahn der Zeit. Anti-Aging – verstehst du. Vitamine. Bewegung. Kein Fett …»
Er klopfte sich zufrieden auf den Bauch, der keiner war.
Dann musterte er meine Figur genauso ungnädig wie damals, als er mich in seine Mannschaft aufrief: «Du kämpfst wohl gar nicht gegen dein Altern … ich hätte dich jedenfalls nicht mehr erkannt.»
SO EIN ARSCH!
«Natürlich tue ich etwas», antwortete ich spitz und häufte das Tablett mit zwei Cremeschnitten, einem Vanillepudding und einem Stück Zwetschgenkuchen voll. «Ich esse dies alles, damit ich nicht so verrunzle. Ich finde Runzeln einfach igitt und es gibt nichts besseres fürs Anti-Aging als eine pralle Haut …»
Dann schaute ich ihn betont mitleidig an: «Du hast wohl Probleme mit deiner Haut? Magere Menschen sollten im Alter Sonnenbrillen tragen. Wegen der Augenfalten. Und gegen all diese Runzeln hier kann auch der gute alte Max Factor nichts mehr ausrichten. Weisst du was? – Nimms leicht und einen Schokoriegel!»
Dann habe ich mich nochmals umgedreht: « … ach ja, grüss Edna von mir!»
Er wischte sich eine Träne aus dem Auge. «Ihr Fallschirm ist nicht aufgegangen …»
Gottlob – Alfred hat auch nette Dramen auf Lager.
«Na dann», sagte ich. Und nahm mir noch eine dritte Cremeschnitte.

GPS

«Das ist *die* Lösung für alternde Dummis!»
Innocent übergab mir schwungvoll sein Geschenk. Im Päckchen steckten weder Diadem noch Rolex mit Brillanten. Es steckten darin Hanni und Werner.
Hanni und Werner führen herumirrende Hummeln auf den richtigen Weg. Es sind computerisierte Wegweiser. Sie tun ihren Job mittels eines Wegplans auf Kleinstmattscheibe. Öfters jedoch tun sies oral.
In Frankreich heisst Hanni «Jeanne». Werner ist in Italien «Fernando». Ihr Familienname bleibt auf der ganzen Welt derselbe: Tschipi-Ess. Abgekürzt: GPS.
«Du gibst hier deinen Ankunftsort ein – diesmal ist es Genua», erklärte Innocent grossspurig. Er demonstrierte, dass er Familie Tschipi-Ess bereits vorgestellt worden war. «Den Abfahrtsort erkennt Hanni selber. Du wirst nämlich über Satellit geführt – und Hanni ist das Sprachrohr dieser himmlischen Leitung!»
Daraufhin saugte Innocent den Kleinstfernseher an meine Autoscheibe. Drückte «On» und schon meldete sich Hanni in einem leicht quengelnden Ton: «Bitte sofort wenden!»
Ich musste mich nerven: «Das ist doch eine Einbahnstrasse, du dumme Kuh!»
Hanni blieb unbeirrt: «FALSCH GEFAHREN. WENDEN. SOFORT!»
Innocent hüstelte: «Du musst ihr einen Moment Anlaufzeit lassen – sie hat noch nicht alle himmlischen Daten!»
«WENDEN!», schrie Hanni nun wie ein alter General auf dem Bildschirm. Auf demselbigen zeigten sich rote Kreise mit Pfeilen. Alle blinkten in Wenderichtung. Also wendete ich genervt – direkt in einen Streifenwagen der Toskaner Strassenpolizei. Denen konnte ich dann lange von Hanni erzählen: «Es war eine himmlische Fügung», erklärte ich den Uniformos.

Innocent büxte seufzend 200 Euro Strafgeld heraus. Wenn unsereins mal ein Blümlein zu viel kauft, kriegt er sich kaum ein und macht die Szene. Aber Hanni kann das Geld mit beiden Händen zum Fenster rauswerfen! Das reichte. Ich habe Hanni gekündigt. Und Werner eingestellt.
«Man kann Werners Stimme aufhellen, wenn du willst. Hier, beim Knopf ‹Stimmenveränderung›. Wie heisst die Strasse des Hotels in Genua?»
Innocent spielt gerne mit Computern. Er drückt an den Tästchen herum wie Casanova an den Weibern. Nun betet mir also ein sonorer Werner jeden gefahrenen Kilometer einzeln runter. Und alle drei Minuten kennt er eine Tankstelle.
«Ich finde den Weg nach Genua auch ohne dieses Gequassle», knurrte ich Innocent säuerlich an. (Das sprechende Kistchen hätte ein schönes Diadem gegeben.)
Innocent rümpfte die Nase. «… und wie willst du dich in Genua zurechtfinden? Letztes Mal bist du nur auf Taxiwegen gefahren und hast schier den Bus gerammt …»
«Wir kamen jedenfalls an!», gab ich giftig zurück.
«IMMER GERADEAUS!», meldete sich die Stimme ungefragt aus dem Kistchen.

In Genua wurde Werner dann sehr gesprächig: «NACH 50 METERN LINKS … WIEDER LINKS … DANN RECHTS … UND LINKS.»
Ich brachte den Verkehr zum Erliegen. Dann endlich war es soweit: «NOCH 50 METER ZUM ZIEL!»
Wir standen vor einer Kehrichtverbrennungsanlage.
«ANGEKOMMEN», sagte Werner.
«Das ist es nicht», sagte ich.
«Es ist nicht Werners Schuld. Ich habe eine falsche Strasse eingegeben», meldete sich Innocent kleinlaut.
Mit einem Diadem wären wir besser gefahren.

Nasse Küsse

Ilse küsste nass! Wenn die Cousine meiner Mutter im Anmarsch war, flohen die Kinder kreischend in den Wandschrank.
Tante Ilse hatte Lippen wie ein Karpfen – rund, feucht und immer schmatzend. Kaum konnte sie einen von uns erwischen, pfropfte sie diese Lippen unbarmherzig auf Backen, Hals oder – IGITT! – unsere unschuldigen Mäuler. Die Lippen schmatzten wie die Blutegel, mit denen Onkel Alphonse sich jeweils den Überdruck aussaugen liess. Und Ilses feiner Damenbart mit der rötlichen Schrumpfelwarze zitterte in Erregung.

Tantchens Küsse waren feuchter Horror pur. Man schützt Rehlein im Wald, Wale im Meer und Wildsäue gegen Jäger. Nasse Lippen aber lässt die Welt erbarmungslos auf Kinder los. Die Ärmsten müssen durch diese feuchte Geisterbahn des Grauens durch. Ja, ihre Eltern lächeln sonnig dazu: «Gebt der Tante ein Küsschen. Sie hat jedem von euch einen Zweifränkler ins Kässeli gesteckt!»
Waren Ilschens Lippen einmal gespitzt, gabs kein Entrinnen mehr.

Wie eine Autowaschanlage kamen die prallfeucht schmatzenden Fetzen über uns. Das Schlimmste: Im Damenbart miefte immer wieder dieser scharfe Duft von Camembert.
Ilschen war erste Verkäuferin in der Käseabteilung eines renommierten Warenhauses. Sie ist ein Leben lang diesen Käse nicht mehr losgeworden. Das hat ihr bei der Verwandtschaft den unfeinen Spitznamen «Edamer Saugnapf» eingebrockt.
Freudsche Schüler kommen heute natürlich zum Schluss, dass die karpfenmündige Ilse an meiner Phobie gegen küssende Frauenmünder schuld ist. Stundenlang habe ich auf der Couch den Seelenknetern die Mischung von Camembert, feuriger Warze und saugenden Lippen geschildert. Die konnten von Ilses nassen Küssen gar nicht genug bekommen.
Verschwiegen habe ich allerdings Grossmutter Lydia, die weniger als grosse Küsserin, denn als «sibirischer Eisschrank» in die Familiengeschichte einging. Sie war es, die mit Taschentuch und Spucke Kinder tyrannisierte.
Grossmutter Lydia hatte ihren grellrot geschminkten Mund stets hinter einem feinen Netzgitter verdeckt. Rollte sie das Netz auf, bedeutete dies für uns Kinder Alarmstufe Rot!
«Was hast du auf der Backe?!», trompetete sie. Und schon schnappte sie sich den Kleinen. Spuckte energisch auf ihr Spitzentaschentuch. Und rieb mit der Spucke alle Wangen rot.
Als wir der aufgebahrten Oma unsere letzte Referenz erwiesen, stierte ich eine Minute lang auf ihren trockenen Mund, der nun wie ein Bleistiftstrich fest geschlossen war. «Nie mehr!», jubelte es in mir.
«Mach gefälligst ein trauriges Gesicht!», zischelte mein Vater.
Wie ich Krokodilstränen hervordrückte, war prompt Tante Ilse zur Stelle: «Du sensibles Kind!» … Und schon schlabberten ihre Karpfenlippen an mir rum.

Heute leben wir in dieser Wangen erdrückenden «Küsschen-Küsschen-Küsschen-Dreimal-wie-in-Frankreich»-Zeit. Es ist, als wären alle Karpfen los. Kürzlich hat Bush gar Blair geküsst. JA HASTE WORTE!

Allerdings: Blair hat geguckt, als ob der Edamer Saugnapf über ihn gekommen wäre. Immerhin hat er die Backe wohl für mehr als zwei Franken hingehalten.

Welt voller Rätsel

Herr von Däniken – der, welcher in jeder Milchstrasse einen eigenen Parkplatz für sein UFO hat – Herr von Däniken also hat gesagt: Die Welt ist voller Rätsel.
WELCHE RÄTSEL, BITTE?
O.K. Er behauptet, die grünen Männchen hätten schon 1000 Lichtjahre vor unserer Generation in der Galaxis Kaugummi gekaut. Überdies hat er auch immer wieder mal Besuch vom Mars, worüber ich ihn sehr beneide. Jeder weiss schliesslich, wie Marsmänner gebaut sind.
Aber es gibt so viele Rätsel zwischen Milchstrasse und Aeschenplatz, die mir auch Herr von Däniken nicht erklären kann.
BEISPIEL: Weshalb muss immer ausgerechnet in meiner Warteschlange die Kassenspule ausgewechselt werden?
Weshalb sagen Kellner stets: «Ich komme gleich» – und gehen prompt davon?
Weshalb finde ich nach einem Waschgang immer nur den rechten Socken?
Nun – letzteres Phänomen beschäftigt die Wissenschafter in aller Welt. Bis heute hat keiner die Lösung gefunden. Bei den senegalesischen Stämmen der Wubitis schiebt man die Schuld dem Drachengott Orsin in den Schwanz. Nachdem die Menschenrechtskommission der UNO verboten hatte, dass diesem lüsternen Götzen am Fest der sieben Monde auf seiner Insel weiterhin zwölf Jungfrauen geopfert werden dürfen, wechselte Orsin auf Socken um. HIER IST DIE UNO MACHTLOS.
In Grossbritannien wiederum hat ein Professor aus Oxford nachgewiesen, dass die Sache von einem verschwundenen Socken mit der Klimaveränderung zu tun haben müsse. Die in letzter Zeit starken Temperaturschwankungen würden so ein Sockenpaar total

verunsichern, weil es nie wisse, obs und vor allem wanns drankomme. Die Depression sei voraussehbar – und rechte Socken seien eben sensibler und somit bedeutend gefährdeter als die linken. Das sei übrigens auch der Grund, weshalb sich immer nur rechte Socken den Hunden vor die Schnauze werfen.

Tatsache ist, dass meine Sockenpärchen eine höhere Scheidungsquote haben als die thurgauische Durchschnittsehe. Jede zweite rechte Socke büxt spätestens nach dem dritten Waschgang aus. Zurück bleiben einsame linke Socken. Denen gehts nun wie jeder verlassenen Frau/jedem verlassenen Mann: Man schaut missbilligend («Wie konnte das passieren?») auf sie herab. Und nimmt sie nie mehr für voll.

In der Wissenschaftsbeilage des «Stern» hat einer dieser ewig besser wissenden Schreiber versucht, den Menschen eine Lösung der verschwundenen (zumeist schwarzen) Socken blau zu machen: DIE WASCHMASCHINEN SEIEN SCHULD, lamentiert dieses Waschweib schriftlich. Sie würden nämlich – bedingt durch ein Luftvakuum – die Socken beim Schleudergang mit dem Weichspüler wegsaugen. UND AB INS NIRWANA …

Tatsächlich habe ich meine Waschmaschine daraufhin in allen ihren verantwortlichen Teilen nach den verschwundenen Socken untersucht. DA WAR ABER GAR NICHTS. Vermutlich schwimmen die bereits irgendwo zwischen Mainz und Köln.

Ich könnte mir vorstellen, dass die Amerikaner der Waschmaschine für deren sockenkriminelles Verhalten bald einmal den Prozess machen werden.

Und so gesehen muss man sagen: Herr von Däniken hat Recht – die Welt ist voller Rätsel!

Kaffeepause

Edgar stinkt. Er hat diese Ausdünstung, die ein bisschen an Elefantenhaus und ein bisschen an verschwitzte Tennissocken erinnert.
Alle sagen, dass Edgar stinkt. Doch keiner sagts ihm. Das stinkt allen.
«So etwas muss er doch selber merken», meint Hildi vorwurfsvoll.
Die Bürogruppe trifft sich vor dem Kaffeeautomaten. Und bei dieser Schwitzhitze ist Edgars Mief die Morgenwürze des Zehn-Uhr-Pausengesprächs.
Vor vier Tagen war es noch Direktor Schneider: und ob er … oder ob er nicht. Dann wars Frau Berger von der Verpackung mit ihrem neuen Busen. Und gestern gings um die Telefonistin und das falsche Blond. Heute: Edgars Duftproblem.
Hildi drückt energisch «ohne Zucker – mit Milch». Das Becherchen poltert in den Spalt. Schon zischt sie mit dem Milchkaffee um die Wette: «Wozu hat er denn eine Freundin? Die *muss* das doch auch riechen. Ich meine, wo sie doch so ‹gspürig› tut – mit Duftkerzen, Selbstfindungsgruppe und dem ewigen ‹Gehts dir auch wirklich gut?›-Gezirpe …»

«Wie die wohl zusammen im Bett …?» Das ist Walti. Er weiss auch immer die neusten Blondinenwitze.
Während der Kaffeeautomat austropft, ists für einen kurzen Moment still. Alle Gedanken sind bei Edgars Bett. Jeder malt sich da sein eigenes Bild – UND ÜBER ALLEM DIESER ELFANTENHAUS-GESTANK!
«Es gibt Frauen, die stehen auf so etwas …», meint nun Norberta spitz. «Es macht die richtig an.»
Norberta ist brandmager. Man munkelt, sie lasse jeden Bissen wieder raus. Ihre Augen schauen stets vorwurfsvoll auf diese schreckliche Welt – nun auf den Automatenbecher: «Der ist ja nur halbvoll …» Dann abrupt: «Wir sollten Edgar einfach mal eine Seife aufs Pult legen. Oder einen Deostift …»
Hildi schüttelt seufzend den Kopf: «Bringt nichts. Der *will* einfach nichts merken …»
«Und wenn wir das Büro mit Dufttännchen behängen würden?» Das ist Yvonne.
Yvonne duftet auch. Jedoch meistens nach dem neusten Schrei von Nina Ricci. Sie besprayt sich so heftig wie zwölf Waschstrassen ihre Autos. «Ich habe in meinem Auto so eine Tanne. Jasminduft …»
Alle werfen die Blicke himmelwärts. Und Norberta bringts auf den Punkt: «Wir kennen die Ausdünstung deiner Dufttanne im Volkswagen, liebe Yvonne. Dann doch noch lieber Edgars ganz persönliche Note …»
Yvonne schweigt beleidigt. Das Gespräch ist ins Stocken geraten. Walti unternimmt einen halbherzigen Versuch, alle nochmals auf den Geschmack zu bringen: «Das Schwitzen soll ja irgendetwas mit dem Thermoausgleich im Körper zu tun haben … Übrigens: Habe ich euch den von der Blondine und dem Pariser schon erzählt?»
Wieder Himmelfahrtsblicke. Und ein verärgertes «Kauf dir endlich ein neues Witzbuch, Walter!» von Norberta.
Da kommt Edgar um die Ecke gestürmt: «Hats noch Kaffee?», meint er gut gelaunt. «Sorry, dass ich zu spät bin – hatte noch einen dringenden Anruf! Wisst ihr, weshalb Jenny heute nicht zur Arbeit erschienen ist?»
Pause. Und leichtes Vibrieren in der Luft.

«Sie ist schwanger!», platzt Edgar triumphierend in die Runde.
«Von wem?», flüstert Norberta.
Da hornts durch den Gang. Die Pause ist vorbei – das Thema für die nächste Kaffeepause aber bereits programmiert.

Bouchées

Drei geschlagene Minuten lang stand ich vor dem Kiosk.
Die Dame hinter all dem Glanz und Horror im Zeitschriftenformat musterte mich argwöhnisch. Sie vermutete Unschönes in dem, was sie sah. Jedenfalls hüstelte sie energisch – ABER ES NÜTZTE NICHTS. Mir fiel beim besten Willen nicht mehr ein, was ich hätte besorgen sollen …
Tom, mein fitter Vetter, hatte mich zum Einkaufen geschickt. Er radelt stundenlang auf seinem Hometrainer rum – aber 40 Meter Einkaufsweg sind ihm zu mühsam. Da schlappt er. Und delegiert mich. So fittete ich also eigenbeinig zum Kiosk. Und wusste nicht mehr, was ich holen sollte. Meine Augen streiften die Schlagzeilen: «ADIEU BASEL, SAGT OSPEL.» Und: «IST OSPEL DEM ROTEN BASEL NICHT GRÜN?»
«Was wollen Sie eigentlich!», bellte die Kioskfrau energisch. Da fiel mein erschrockener Blick gerade noch rechtzeitig auf dieses rote, funkelnde Viereck im Stanniolmantel.
«Ein Caramel-Bouchée …», hüstelte ich. Und dies, obwohl ich ganz genau wusste, dass mein fitter Vetter auf seinem Radelstuhl den Gong bekommen würde. Bei verzuckerten Kalorien jault er jedes Mal auf, als wäre er in sportlicher Ekstase von den Pedalen gerutscht und seine Extremitäten wären dumpf auf dem Sattel aufgeprallt.
Meine Gedanken verliessen nun Herrn Ospel, so wie er auch uns verliess. Sie schwirrten in diese wunderbaren Kindertage zurück, wo ich im Quartier sämtliche Milchkästlein nach roten Räpplern abgesucht und so Geld für die quadratische Herrlichkeit zusammengetragen habe. Es gab nichts Schöneres (na gut – ausser Heilig Abend, Fasnacht und Osterhasenohrenlutschen), als auf einem der hölzernen Parkbänklein der Oekolampad-Anlage zu hocken, durch die Äste in den Himmel zu stieren und mit der Zunge lang-

sam den Schokoladenmantel des Bouchée aufzuweichen. In Staccato-Schlückchen rieselten die herrlich süssen Kakaotränen den Gaumen runter und mit energisch durchgezogenen Schlürfern wurde nun das goldbraune Caramel geschmeidig gekaut.
Gottlob sind damals keine Amerikaner oder eine Schweizer Gesundheitstante auf die Idee gekommen, den Kindern diesen Appetit mit Aufdruck: «BOUCHEES SCHLOTZEN SCHADET DER GESUNDHEIT» zu verderben. DIE WELT HATTE DAMALS EBEN NOCH SÜSSE, SCHÖNE JAHRE.
All dieses Süsse flitzte mir nun durch den Kopf, während ich schlürfend den harten, innern Kern des Bouchée aufweichte und die Verkäuferin mit entsetztem Blick zusah, wie vor lauter Gier der caramelbraune Speichel auf «FRAU MIT HERZ» tropfte – OH GOTT! ES TRAF DEN WEISSEN HOCHZEITSROCK VON FRAU FELDBUSCH! AUSGERECHNET …
In diesem Moment spürte ich auch ein zartes Schaukeln des zweithintersten Zahns unten links. Und eh ich recht wusste, wie mir und meinem Stiftzahn geschah, klebte letzterer in der süssen Masse. Hastig zog ich das Klebrige aus dem Mund, um zumindest die Krone zu retten. Dabei tropfte ich sinnigerweise auf die «Kronenzeitung» mit der Titelgeschichte «WESHALB PRINZ CHARLES GANZ OHR IST».

Zu Hause überreichte ich Tom die beiden durchweichten Illus. Und zwei Caramel-Bouchées.
«Was soll das?», keuchte er auf seinem bewegungslosen Fit-Stahlstuhl. «Ich habe gesagt, du sollst eine Packung Müesliriegel holen …»
Zugegeben – Müesliriegel kauen sich leichter … sind aber nur das halbe Glück.

Klare Linie

Wilhelm übertreibt. Nun haben seine Gartenzwerge sogar Junge bekommen. In Reih und Glied grinsen sie hinter den ersten Narzissen hervor. Und das Geheimnis wird immer sein, ob Schneewittchen wirklich ihre Mutter ist.
Schneewittchen fehlt nämlich. Vielleicht hat sich die Schwarzhaarige (immerhin von Adel) bei so viel süssem Zwergenkitsch auch ganz einfach nur geniert und das Handtuch geworfen. O.K., auch sie hat ein paar Monate in den Ikea-Bettchen der Gnome gepennt. Und auch sie hat sich an deren Schweden-Tischchen gesetzt. Aber kann mans dem schönen Kind verübeln, dass es sich verbessern wollte, als der Prinz endlich anbiss? Bei Huldi Müller wars dasselbe. Die hat sich nach dem Trämler Brugger auch einen Bankprokuristen angelacht – und von Ikea zu Hubacher gewechselt.

Zurück zu Wilhelms Vorgarten. Statt Schneewittchen stehen drei Fliegenpilze und fünf anatomisch nicht ganz richtig zusammengesetzte Rehkühe da. Alles unverwüstlicher Hartplastik. Überdies

ladet auch ein eingetrocknetes Vogelbad mit Mandoline spielendem Puto aus Tuffstein die Spatzen und Amseln zum Planschen und Plauschen. Aber: KANN DIES DEN VÖGELN FREUDE MACHEN? Haben unsere gefiederten Freunde nicht auch Herz und Stil? Und somit das Recht auf einen Pool von Philipp Starck?
«Müssen wir da wirklich rein?», meldet sich nun mein Freund Innocent mit Schüttelfrost vor den Zwergen. «Du weisst, was die Zwerge bedeuten: Drinnen sind die Telefontische mit Gehäkeltem bedeckt. Um die Spiegel flattern geschlechtslose Engel in Gold, und sicher hat Wilhelm eine Froschsammlung aus Porzellan ...»
Der Anstand will es, dass ich Wilhelm verteidige. Immerhin ist er ein Vetter zweiten Grades von meiner Seite. Schon seine Mutter hat unter Böcklins Stich von der Toteninsel geschlafen.
«Manchmal täuscht das Äussere», erwidere ich kalt. «In unserm Garten steht auch eine Plastik von Romeda und auf deiner Couch sitzt Brummbrumm.»
Innocent schliesst gepeinigt die Augen: «Das ist etwas anderes. Brummbrumm ist eine Erinnerung, ein Relikt aus meiner Kindheit – schon fast gelebter Surrealismus.»
Blödsinn. Brummbrumm ist ein total abgeknutschter Teddybär, der an Falco erinnert, weil er auch ein schiefes Glasauge hat. Und Brummbrumm macht sich auf Innocents 8000-fränkiger Miller-Liege wie Greta Garbo hinter einem Bratwurststand.
«Man kann von der Umgebung der Menschen auf ihre innere Kultur schliessen», doziert nun mein Freund und kickt sich mit spitzen Fingern ein Fussel vom Burberry-Regenmantel.
Na ja, wo er Recht hat, hat er Recht. Wir waren bei Hildegard Schönau Müller ins neue Heim geladen. Schon der fehlende Bindestrich hätte mich warnen sollen. Und auch die lang gezogene Einladungskarte in Schwarz mit der schmucklos grauen Computerschrift. Alles klein gedruckt: hildegard schoenau mueller bittet ins neue eigenheim – hunde muessen draussen bleiben.
Da wäre ich gerne ein Hund gewesen. Drinnen war nämlich gar nichts. Nur Ecken und Kanten der MDF-Linie. Und statt Schinken-Häppchen mit lustigen Mayo-Decors gabs Stangensellerie und Karotten in einem Alessi-Sieb. Die Leute taten begeistert, zupften sich

das Gemüse zwischen die Zähne und redeten konstant von der Strenge der neuen Sachlichkeit. DA HAT SICH MEIN PRIMELSTÖCKCHEN ALS GESCHENK ABER GANZ DANEBEN BENOMMEN!
Ich meine: Primeln sind in der neuen Sachlichkeit wie die ledergebundene Goethe-Ausgabe im Hause Bush: total falsch am Platz. Und wenn wir schon im Weissen Haus sind – die Vorhangfarben haben da immer mit den Präsidenten gewechselt. Und die Inneneinrichtungen auch. Reagan stand auf erdnussbraunen Samt. Hillary Clinton liess die Vorhänge ganz wegnehmen, weil Bills Zigarrenrauch immer darin hängen blieb. Und Bush hat die alten Fahnen seines Vaters aufgehängt. Ich meine: Wie man Vorhänge hängt, so lebt man. Und wenn der äussere Rahmen auch immer ein weisses Haus bleiben wird, im Innern siehts eben doch düsterer aus.

«Ich bin überzeugt, Wilhelms Frau Gertrude stickt Gobelins», geht Innocent nun wieder spitz gegen meine Seite los. «... und wer Gobelins stickt, serviert nur Tee!»
Das ist ja wieder typisch – so werden die Menschen nach ihrem äussern Stickrahmen schubladisiert!
Mein Freund drückt seufzend den Klingelknopf im funkelnden Messingschild.
Hinter der Türe vernimmt man die Glockenschläge von Westminister. Wir streifen unsere Schuhe auf der halbrunden Kokosmatte «HERZLICH WILLKOMMEN» ab.
Gertrude nimmt uns in die Arme: «Ich habe das Teewasser schon aufgesetzt!»
«Siehst du!», zischt Innocent.
Dann gebe ich mein Primelstöckchen ab. «Wollt ihr zuerst meine Froschsammlung sehen?», kommt uns Wilhelm strahlend entgegen.

Schmusekater

Ilse zögerte. Das Inserat war viel versprechend. Aber das waren sie ja alle. Die Wirklichkeit: Schutt und Gröll.
Er hatte sich den Titel «Verschmuster Kater» gegeben. Genauer: «Verschmuster Kater sucht liebevolles Kätzchen, das mit ihm die Milch teilt.»
«Nicht sehr originell», dachte Ilse. Aber immer noch besser als: «Heisser Hengst sucht ebensolche Stute.» Diese Anzeige stand unter dem verschmusten Kater.
Der Hengst ist verwitwet. Er sucht ein gut situiertes Partnerross, mit dem er andere Pferde stehlen könne.
«Klarer Fall von übersextem Gigolo!», murmelte Ilse zu sich selber. Dann kehrte sie zum verschmusten Kater zurück.
Dieser hatte dummerweise sein Alter nicht angegeben. Nur seine Hobbys: Wandern, Briefmarken und Opern. Dann die BOX-Nummer 63 mit dem Schnörkel: «Über ein liebes Briefli mit Bildli würde ich mich sehr freuen. Alles wird beantwortet.»

Ilse war nicht der Operntyp. Sie hasste dieses Geschrei zu den Geigen. Sie war überhaupt nicht sonderlich musisch. Ihr verstorbener Mann Eugen hatte ihr einmal vorgeworfen: «Du bist so kulturlos wie ein Trockendock.» Das hatte sie gekränkt. Aber sie hatte nichts gesagt. So wie sie all die 35 Ehejahre geschwiegen hatte.
Sie schwieg auch, als Eugen an jenem frühen Morgen verzweifelt «Luft, Luft!» keuchte. Dann sank er ins Kissen zurück. Die Augen standen weit offen – der Atem ging nicht mehr.
«Das wars dann wohl», sagte Ilse.

Der «Schmusekater» schnurrte ganze drei Tage lang in Ilses Ganglien herum. Wann war sie das letzte Mal von jemandem in die

Arme genommen worden? 20 Jahre? Nein – 30 Jahre! Es wäre schön, wieder mal wie eine Katze schnurren zu können.
Und so schrieb sie an BOX 63: «Liebesbedürftiges Kätzchen möchte schnurren.»
Sie schob das Foto hinzu, das sie mit lustigem Spitzhut zeigte und an einem Kindergeburtstag ihrer Nichte Nelly mit der ersten Polaroid geschossen worden war. Nelly war nun auch schon 32 …
Der Kater schmuste ihr brieflich dann das Herz voll. Er sehne sich nach einer lieben Frau. Sein Muttilein sei viel zu früh von ihm gegangen …
«Gegangen?», fragte sich Ilse doch etwas beunruhigt. Hiess das der Tod? Oder hiess das: Muttilein hatte die Nase voll und ihre Koffer gepackt?
Das Foto, das er beigelegt hatte, zeigte einen dicklichen, fröhlichen Glatzkopf vor dem Zürcher Opernhaus – allerdings *vor* dessen Renovation.
«Einmal wieder in die Arme genommen werden!», dachte Ilse. Und buchte für den Tag des Rendez-vous Coiffeur (leichte Tönung) und Kosmetikerin («Es gibt doch da so Spritzen …»).
Sie stichelte die rote Gerbera als Erkennungszeichen an das Revers. Und schaute dann mit klopfendem Herzen in das kleine Café, wo der Kater schnurren sollte.
Das Café war jedoch leer. KEIN KATER WEIT UND BREIT. Das Biest hatte sich verspätet. Da war nur ein alter Mann, der in einer Illustrierten blätterte und sich mit schwulstigen Karpfenlippen einen Nussgipfel reinmümmelte.
Ilse wollte schon das Café betreten, als sie die Gerbera am abgewetzten Kittel des Dicken entdeckte – und auch den Titel der Zeitschrift: «Opernblatt».
Erschrocken zupfte sie die Gerbera vom Revers, machte kehrt und sagte dasselbe wie damals zu ihrem Mann, als der tot in die Kissen fiel: «Das wars dann wohl!»

Die Rose

Natürlich humpelte Innocent an der Rose vorbei. Denn er kennt nur eine Art von Rosen: Die Arthrose. Mit der hält er seine kleine Welt auf Stock und Trab. DANEBEN IST KEIN PLATZ FÜR DAS SCHÖNE DER NATUR!

Da muss sich dann keiner wundern, wenn in der Umgebung die Neurosen blühen.

«Schau dir diese Rose an!», rufe ich Innocent zu. Der steht bereits beim Eingang zum «Hopfenkranz». Der Hopfen blüht ihm lieber als die Rose.

«Rose ist Rose», trompetet er.

TYPISCH. Dieser Mistkerl hat das Feingefühl einer Distel.

«Sie ist fast violett!», rufe ich in Richtung «Hopfenkranz». Aber es ist hoffnungslos – schon stösst Innocent mit seiner linken Krücke die Türe zur Beiz auf. Da reitet mich der Teufel: «WENN DU MICH WIRKLICH LIEBST, HOLST DU MIR DIESE ROSE!»

Also erstens ist das natürlich absolut doof. TUNTENWEICH. (Danke. Das weiss ich selber.) Zweitens benehme ich mich da wie jedes dumme Tussi mit dem IQ eines Wüstenflohs. Aber drittens: ICH KANN NICHT ANDERS. ES IST STÄRKER ALS ICH. VERZEIHT MIR!

Innocent kommt bebend vor Wut dahergerasselt. Er wedelt stocksauer mit dem Stock: «Bist du übergeschnappt? Der Loppacher hats gerade noch gehört. Jetzt erzählt ers am Jasstisch. Und morgen weiss es das ganze Quartier!»

Nun werde ich weinerlich: «Nie schenkst du mir Rosen. IN 37 JAHREN ZWEI CAROLL-RÖSCHEN. UND DIE WAREN AKTION.»

Dann: «Ich bin doch auch nur ein Mann!»

«Eben», zischt Innocent, «wo kämen wir denn hin, wenn Männer einander Rosen schenken würden! Männer geben einander eine

Flasche Wein. Oder im Notfall Pralinen. Aber ROSEN … du spinnst total!»

Aus ists mit dem Weinerlichen. Jetzt gehen mit mir die Pferde durch: «DU ERZVERBETONIERTER REAKTIONÄR! Die Zeiten haben sich geändert. Heute kann ein Kerl ruhig mal einem andern Mann eine Rose schenken, ohne dass gleich Hochzeitsglocken läuten müssen!»

«ABER NICHT AUS EINEM FREMDEN GARTEN!», tost nun auch Innocent. «DAS IST DIEBSTAHL!»

«Du riskierst einfach nie etwas für mich», jammere ich so laut wie ein Stadionlautsprecher. «IMMER NUR AN DER BÖRSE!»

In diesem Moment humpelt ein älterer Herr mit dickem Bauch und Hosenträgern so breit wie ein Fussgängerstreifen auf uns zu. Er hat unter der «Hopfenkranz»-Türe den Streit beobachtet: «Was ist hier los?!»

Innocent hüstelt mit hochrotem Kopf: «Äähmm … alles Theater. Will … äähmm … diese Rose … äähmm.»

Da schaut mich der Hosenträger-Dickbauch fröhlich an: «Sie wollen diese Rose haben?»

«Äähmm!», flüstere ich.

«Na dann!», sagt er, öffnet das Gartentor und zwickt die Schöne einfach ab: «Hier – weshalb soll ein Mann nicht einmal einem andern Mann eine Rose schenken?»

Ich werfe einen triumphierenden Blick in Richtung Krücken und Elend. Meine Augen sagen alles: Da hat einer für mich Haut und Kopf riskiert. Wurde zum Dieb. Hat fremdes Gut betreten, nur um mir eine Rose zu pflücken – und DUUU?!

Im Parterre des Hauses wird ein Fenster geöffnet. Eine Frau in Lockenwicklern keift in die Sonntagsruhe: «Helmut, weshalb hast du in unserem Garten diese schöne Rose abgeschnitten? Und weshalb gibst du sie diesem alten, dicken Mann?»

Was ich damit sagen will: Schenkt lieber Pralinen!

Nackt

Nackt kommen wir auf diese Welt. Und nackt wird uns diese Welt vom Werbefernsehen präsentiert.
Da gibts kein Klopapier, das nicht einem satten Po entgegenwedelt. Kein Parfumtropfen, der nicht zwischen zwei nackte Brüste spritzt. Und kein Deo, das nicht einem nackten Kleiderkastenhelden unter die Arme greift.
ALLES IST NACKT. NATURE NATUR.
Und derart unverhüllt sind auch die bunten Gummibärchen, die von Herrn Gottschalk weggelutscht werden. (Andersrum wäre ja auch mal ganz schön süss …)
Es ist wohl nur noch eine Frage der Zeit, bis auch die Milka-Kuh ihr Lila-Kleid abstreifen wird.
Wir sind also weiss der Himmel genug von nackten Tatsachen umgeben, sodass in der Sauna doch nicht gleich die Panik ausbrechen muss, wenn einer ohne Tüchlein auftaucht! Ich mein ja nur …
Aber die nackte Tatsache ist die, dass dort, wo die Menschen einander auf natürliche Weise unbekleidet begegnen (etwa im Dampfbad oder beim ärztlichen Prostata-Untersuchungsgriff), ganz plötzlich eine Verklemmtheit aufkommt, und keiner mehr daran denkt, dass die Unterhose erst von Tarzan erfunden worden ist.
Erstaunlicherweise sind nackte Männer rundum zart besaiteter als Frauen. Frauen lassen unter ihresgleichen unbekümmert die Hüllen fallen. Gemeinsam steigen sie lachend ins Bad, auch wenn nicht immer alles straff und wie im Film ist. NICHT SO DIE MÄNNER.
Treffen sich zwei vom «starken» Geschlecht in einer Umkleidegarderobe, grüssen sie sich schwach und schauen betont cool aneinander vorbei. Kommt der Moment, wo die Unterhose fallen soll, fummelt der Mann nervös mit einem Badetüchlein vor seinem Bauch und allem, was drunter ist.

Synchron versucht er, mit ruckartigen Bewegungen seinen Slip mit den Füssen runterzustreichen. Natürlich ist dies nicht so einfach, weil er dabei krampfhaft das Tuch zum Schutz vor den vergrabenen Schatz halten muss.
Das Hinterteil presst er an die rubblig verputzte Wand und fühlt sich so zumindest hintenrum gedeckt.
Nun hangelt er mit der Zehe zum Slip, der wie eine geplatzte Wurst zu seinen Füssen liegt. Doch meistens haben diese verklemmten Herrschaften schon das Verfalldatum überschritten – und damit auch die Balance. Schon beginnen sie zu wanken, halten jedoch auch im letzten Fallstadium noch immer krampfhaft ihren Schamschutz fest.
Nun kippen sie endgültig um, schlagen mit dem Hinterkopf krachend an die eiserne Garderobentüre und kommen drei Stunden später aufs Sezierbrett. Jetzt schamlos nackt. DAS HABEN SIE DAVON!
Man sagt, dass nackte Werbung die Quoten steigen lässt. Mag sein … aber das natürliche Selbstbewusstsein des Mannes fällt – und macht einem ausgeprägten Schamgefühl Platz. Ganz einfach, weil keiner aussieht wie der 190 Zentimter lange, gut bestückte und trainierte Deo-Gott unter der Dusche.
Und schon gar nicht wie Gottschalks süsse Gummibärchen …

Explosion

Sie pflanzen Petersilie auf dem Mond. Sie können die Kuh ohne Muni schwängern. Sie züchten künstliche Tomaten, die nach stillem Wasser schmecken.
Und in all diesem wunderbaren Fortschritt der Menschheit haben wir noch immer dieses Kaffeerahmkübelchen, das wild explodiert und die Umgebung vollsprüht!
Zuerst knübelt der handwerkliche Trottel ungeschickt am Läschlein – nichts passiert. Dann zieht er ruckartig – und schon: pfffff! Die nachtblaue Krawatte hat jetzt milchweisse Tupfen …
Schlimmer. Auch der Chef vis-à-vis ist mit der Hälfte des Inhalts besprüht.
Säuerlich tupft er sich die Überraschung vom Revers: «Wenn meine Angestellten nur immer so spritzig wären …»
Du stehst hastig auf, willst den Boss mit der Serviette trocken legen – prompt kippt seine Coladose um. BINGO. Direkt auf seine Hose.
«Immerhin gehen bei Coladosen die Laschen problemlos hoch», versuchst du das Malheur mit einer Prise Humor zu entschärfen.

Doch nicht nur das Café-Crème-Kübelchen, auch der Chef explodiert: «Sie Trottel!»
Dann verlässt er dich und deinen guten Vorschlag von der Gehaltserhöhung.

Die Welt lamentiert gegen das Kaffeerahmdeckelisammlersterben … MUSS SICH KEINER WUNDERN!

Aus dem Bauch

Meine Freunde sind besorgt. Sie nehmen mich zur Seite. Schauen geniert auf den Boden: «Entschuldige, aber es lässt uns allen keine Ruhe. Wir müssen mit dir reden …»
PANIK. Und erster Gedanke: Mundgeruch.
Zweiter Gedanke: Der Fisch war schlecht.
Dritter Gedanke: Wessen Geburtstag habe ich jetzt wieder vergessen?
Dann geben sie mir das Gift, so zuckersüss verpackt wie die «Mon-Chéri»-Kirsche im Schokomantel: «Es geht um Innocent!»
WIEDER PANIK.
Erster Gedanke: Er hat sie angepumpt.
Zweiter Gedanke: Er hat in der Oper wieder geschnarcht.
Dritter Gedanke: Er ist an Allerheiligen mit roten Socken herumgelaufen.
Und dann legen sie schonungslos los: «Es geht um seinen Bauch. Er ist dick geworden. Kein Mensch wird dick, wenn er nicht muss. Er hat Sorgen. Sein Bauch sagt es uns …»

Tief geknickt schleiche ich nach Hause. Meine Gedanken hangen an Innocents Bauch, der zugegebenermassen beachtlich ist. Ich schäme mich, weil ich die Sache falsch gedeutet habe. Mein einziges Problem war nämlich stets: Wie packen wir das an? Oder eben: Wie *ver*packen wirs? Es ist sehr schwer, Hosengrösse 62 zu finden. Ich habe immer gedacht, sein Bauch ist voll mit Bier und diesen leicht gesalzenen Nüsschen, die er pfundweise in sich reinbackert. Aber nie habe ich bemerkt, dass er unter dem Gürtel so voller Sorgen ist!
Ich beschliesse, die Sache psychologisch aus dem Bauch heraus anzugehen, rapse Rübensaft und erwarte ihn mit diesem «Du darfst»-

Aufschnitt, der aus mageren Hühnern gefleischt wurde. Diese armen Hühner hatten zwar keinen Bauch, aber gewiss auch ihre Sorgen. Da liegen sie nun als fettarme Wurst dünn geschnitten auf dem Teller und Innocent geht auf Turkey: «Wo ist mein Bier?! Und wir haben uns doch auf einen Käseauflauf geeinigt …»

Ich tätschle seinen Arm. Dieser ist im Gegensatz zum Bauch nicht angeschwollen – es scheint, dass den Armen dieser Welt die Sorgen erspart bleiben.

«Hast du Sorgen?» – Ich bin fürs Direkte.

Er schaut mich entgeistert an: «Natürlich habe ich Sorgen …!»

DIE WELT STÜRZT EIN. Da geht mein Freund 37 Jahre und acht Monate neben mir her und ich habe seinen Bauch nie gesehen.

« … deine Visa-Abrechnung ist gekommen. ALSO DAS BEZAHLE ICH NICHT!»

Hier schwillt nicht mein Bauch, hier schwillt meine Halsader: «Ich meine, ob du echte Probleme hast, die du in deinem Bauch herumträgst und mir nicht sagen willst!»

Nun macht die alte Tucke auf pikiert: «Was ist mit meinem Bauch nicht recht? Ich habe ein Recht auf meinen Bauch!»

«Unsere Freunde glauben, dass du nur ein Recht darauf hast, wenn da auch Sorgen drin sind …» Dann hochdramatisch: «SAG MIR ALLES – ICH BIN STARK IM NEHMEN!»

«Und im Geld ausgeben …», meckert er nun. Er schlurbt zum Eiskasten, angelt sich ein Bier und schaut genüsslich auf den weissen Schaum: «Ein rechter Mann hat einen Bauch!»

Na ja, das hat Tante Gertrude auch immer gesagt. Ihr Angetrauter war spindeldürr und eine Nervensäge der Güteklasse A.

Ich habe die aufgeschnittenen «Du darfst»-Wursthühner abserviert und den Käseauflauf in den Ofen geschoben.

Das einzige Problem ist nun noch, eine Hose zu finden, die Innocents Sorgen gut cachiert …

Der Prinz

Als Kind wickelte ich mich in Schlafzimmervorhänge. Ich knetete Schokoladenpapier zu funkelnden Klunkern und stellte mir vor, ich sei die Prinzessin auf der Erbse.
In meiner Umgebung blieb kein Frosch ungeküsst. Trotzdem ist nie einer explodiert oder hätte sich als Prinz geoutet…
Überhaupt war es keine Zeit, wo sich jeder so schnell outete. Meiner Mutter machte mein Tempo diesbezüglich arg zu schaffen: «Im Milchladen reden sie schon… sie haben dich gestern wieder im Park liegen sehen.»
Tatsächlich lag ich mit Schlafzimmertüll umwolkt ganze Nachmittage lang unbeweglich auf der Holzbank unseres Kinderspielplatzes. Ich hielt die Augen geschlossen und spitzte meinen mit Zuckererdbeeren grell colorierten Mund. Ich spitzte und hoffte auf den Prinzen. Aber meistens wurde ich durch eine harte Kopfnuss in die noch härtere Wirklichkeit zurückgeholt. Mein Vater stand in seiner Trämlersuniform neben der Parkbank: «Hier frierst du dir den Arsch ab – und zu Hause willst du, dass wir auf warmen Tellern

servieren.» Dann knurrte er: «Und was sollen die Rosenkränze um deinen Hals?»
Die Rosenkränze hatte ich von Omis Nachttisch mitlaufen lassen. Sie waren meine Kronjuwelen. Aber machen Sie das mal einem Sechsertram-Trämler klar, der nur «Vorwärts» und «Das Mädchen aus Tirol» liest.

Erst viele Jahre später habe ich akzeptiert, dass auf dieser Welt Frösche immer Frösche bleiben werden. Ich küsste sie nicht mehr und abonnierte die Zeitschrift «Herz mit Krone».
Im Hochglanzformat hatte mein Prinz nun Abstehohren und eine viel versprechende Nase. Ich loderte wie eine alte Scheune. Und schrieb kiloweise Oden auf Bütten.
Das teure Papier wurde in Rosenwasser getränkt:
«Mein Herz so rein,
sei immer DEIN
und nicht aus Baden, nicht aus Linz
sondern aus Basel – edler Prinz.»
Nie ist auch nur eine Zeile zurückgekommen. Und so habe ich «Herz mit Krone» wieder abbestellt.

Wie das Leben so spielt, kühlten sich meine Gefühle für den Grossohr-Frosch mit der Zeit erheblich ab. Mitunter hörte ich wohl vom Mais mit seiner Firma oder sah ihn mit seinem Polopferd in der Tagesschau. Und: «Das ist gar nicht sein Pologaul, das ist diese Camilla …», korrigierte mich mein Alltagsfrosch zu Hause.
Als nun aber die ganze Welt aufheulte, weil der Prinz sich bei offener Schlafzimmertüre unter der Bettdecke von seinem Sekretär die Feder führen liess, da wurde mein Inneres wieder aufgewühlt und ich griff entschlossen zu meiner eigenen Feder:
«Ich bin enttäuscht, du weiches Ei,
mit meiner Liebe ists vorbei.
Denn ein wirklich echter Prinz
treibt es nicht mit Hunz und Kinz.»

Dieser Brief wurde nicht in Rosenwasser getränkt.

Fliegendes Nashorn

Die Frau hatte drei billige Klapptische aufgestellt. Und darauf Boomerangs ausgebreitet.

Ich versuchte, Innocent abzulenken: «Schau dort, diese wunderbaren Seidenorchideen aus Taiwan!» Umsonst. Das Interesse an Taiwanseide hielt sich in Grenzen.

«Dort hat es Boomerangs», jubelte das Kind im Manne. «Einen Boomerang habe ich mir immer gewünscht!»

DAS WUSSTE ICH!

Es war eh ein Fehler gewesen, auf den kleinen Sonntagsmarkt zu gehen. Sie organisieren diesen Markt einmal pro Monat. Und weil es die einzige Attraktion auf der Insel ist, walzt alles hin.

Geboten wird Monat für Monat dasselbe: süsslich stinkende Räucherstäbchen, geheimnisvoll lächelnde Buddhas, Kakteen und Bonsai, T-Shirts mit «Fuck you» drauf. Und jetzt neu also Boomeränger.

«Weisst du überhaupt, wie das funktioniert?», unkte ich Bedenken an.

Innocent wedelte solche Einwände wie lästige Fliegen weg: «Ich bin ja nicht blöd!»

Die Boomerang-Frau nickte eifrig und brockte ein paar Scheiben Deutsch raus: «Ist gut Spiel für Mann.»
Dann erklärte sie in einem Mischdialekt von Kalabrisch und Australischem Buschtammtamm, dass diese wunderbaren fliegenden Ecken von Kängurujägern handgeschnitzt worden seien.
Ich weiss nicht, wie man Billigplastik schnitzt. Aber ich schweige. Innocent war eh bereits in seine Welt eingetaucht, wo fliegende Dreiecke luftige Haken schlagen. Und auf wunderbare Weise zurückkehren.
«Nimm wenigstens den mit der Hummel drauf!», versuchte ich das Drama zu lindern. Aber nein. Er wählte ein fliegendes Nashorn.
Na ja. Es blieb keine mehr Zeit für eine Cassata siciliana in Assuntas Pasticceria – das Nashorn wollte fliegen!
Leicht betupft machte ich mich zu Hause an die Schreiberei, derweil Herr Innocent selig im Gemüsegarten Stellung bezog: «JETZT KANNST DU WAS ERLEBEN!»
Das nächste, was ich hörte, war ein Krachen. Dann kreischende Bremsen. Und schliesslich ein lautes Fluchen.
Das fliegende Nashorn war durch Giannis Windschutzscheibe galoppiert. Innocent lachte herzlich. Gianni weniger. Es wurden Versicherungspapiere ausgetauscht.

Mittlerweile hat sich Hugo zum Drama gesellt. Und da Hugo den Boomerang erfunden hatte, wusste er Bescheid. Er gab zackig Anleitungen.
Gemeinsam holten die beiden zehn Minuten später eine Leiter und befahlen mir, das Nashorn vom Dach zu holen.
Nun war ich aber stinksauer: «Ich dachte, ihr könnt das?!»
Innocent müffelte kleinlaut: «Es ist nur ein Trick ... einmal muss er ja zurückfliegen!»
Dann äugte er nochmals auf die Gebrauchsanweisung, welche die australische Runzel für alle Fälle in englischer Sprache beigepackt hatte.
Innocent nahm das Dreieck in die Hand: «Das Nashorn sollte rechts vom Arm sein ... dann muss man aus dem Handgelenk heraus ...»
Tatsächlich flog der Boomerang nun wunderbar weit. Nur kam er

nie zurück. – Stunden später noch haben Innocent und Hugo mit Taschenlampen die Pinien der Umgebung abgeleuchtet …
Irgendwo hängt in der Toskana ein Nashorn im Baum.

Die persönliche Kiste

«Die fetten Jahre sind vorbei. Die fitten kommen erst… hahaha! Das war ein Scherzchen!»
Und das war mein Personaltrainer Schulz. Der Mann schaut mich so aufmunternd strahlend an, wie einst Tante Josefine, wenn sie uns Lebertran einlöffeln wollte.
Dann lässt Schulz mich auf ein Rad steigen. Gibt meine persönlichen Masse ein – und weil ich bei den Kilos ein paar Zentnerchen geschummelt habe, strample ich nun doppelte Kraft voraus.
Vor meinen Augen tanzen bald einmal orange Lichtsäulen. Das Velo fiept, der Puls rast – nur Schulz bleibt stoisch ruhig. Seine drahtige «Schau mal, was Sport und Eiweiss bringen können»-Figur hat meinen Beginnerelan sofort in eine hoffnungslose Depression verwandelt.

Nach sechs abgestrampelten Minuten sind meine Beine schwer wie mit Sand gefüllte Schläuche. Mein Rücken schmerzt. Und meine herzige Pumpe pocht Cha-Cha-Cha im Zeitraffer. Zu allem Glück baut sich noch eine grell aufgebrezelte Barbie-Omi im Hauteng-Look vor mir auf. Sie hält ihr linkes Bein hoch wie Waldi am Baum und äugt auf meine orangen Lichtsäulen. Dann zupft sie kokett am Seidentuch, das die Halsrunzeln hinter dem Label Hermès abdecken soll, und piepst mit Babystimme: «Sie treten nicht richtig durch, mein Lieber. Das wird so nichts mit dem Waschbrettbauch – hahaha. War nur ein Scherzchen!»
ALLES DÜNKT MICH HIER EIN VERSCHWITZTES SCHERZCHEN. So spreize ich etwa unter den aufmunternden Worten «…uuuund zweiiiii» des Personaltrainers meine Schenkel wie Huldi im Gynäkologenstuhl. Nur spreize *ich* gegen ein Gegengewicht und soll mit diesem Tun meine Gesässmuskeln straffen.

«Sie wollen doch sicherlich eine satte Hinterfront», setzt der Trainer wieder sein Lebertranlächeln auf.
«Mein Knackarsch ist meine ganz persönliche Kiste», knurre ich. Und lasse die Gewichte sausen, sodass der Trainer total hysterisch aufjault. Das Weichei hatte die Finger dort, wo die Gegengewichte zusammenkrachten.
«War nur ein Scherzchen», sage ich.

Nachdem ich noch meine Oberweite breit wie eine Kuhweide und den Bauch flundernflach getrimmt habe, torkle ich mit letzter Kraft unter die Dusche, wo mir die Seife aus den zitternden Händen ins Nachbarabteil glitscht. Dort spritzt sich ein etwas welker AHV-Schwarzenegger betont sportlich den Schaum von seinen Gebeinen. Der Mann schaut entsetzt, wie ich mich ächzend zu seinen Füssen bücke, um nach dieser verflixt schlabbrigen Seife zu greifen. Ich benutze diese Marke, die zwei von drei Filmstars benutzen. Aber es ist einfacher, einen quitschlebendigen Steinbutt aus dem offenen Meer zu greifen, als ein schäumiges Stück tote Lux aus der Duschkabine eines andern.
«War nur ein Scherzchen», sage ich. Und ziehe mich am Abgeduschten hoch.
Daraufhin hat er sich nochmals eingeschäumt und zu mir rübergebrüllt: «Wenn Sie noch einmal rüberzwitschern, trete ich sie in den Arsch!»
Dieser ist immerhin auf gutem Weg, knackig zu werden!

Geiz

Heribert versuchte, Irmgard vom Marktstand mit den Keramikschildkröten wegzuziehen. Er haderte mit seinem Schicksal: Es war eben doch ein Fehler gewesen, eine Trämlerstochter zu heiraten. Kein Stil – und immer dieser Hang, das Haushaltsgeld zum Fenster hinauszuwerfen …

Irmgard warf Heribert einen giftigen Blick zu: alter Geizkragen!

Die Keramikschildkröte hätte sich auf dem Rauchtischchen nett gemacht. Aber nein – jeder Franken musste gespart und auf die Bank gebracht werden. Dann wurde in Aktien investiert. Und soviel hatte Irmgard kapiert: KERAMIKSCHILDKRÖTEN HABEN EINEN SICHEREN WERT. UND MACHEN MEHR FREUDE! Sie überleben auch länger als all diese Papiere, deren Kurse Heribert Magenschmerzen und schlechte Laune brachten.

Irmgard dachte an Hugo, der ihr damals den Hof gemacht hatte. Hugo hatte seinen Bäckereibetrieb kürzlich an einen Supercenter verkauft. Er fuhr einen offenen Mercedes und seine Frau ging im Nerz. Bestimmt durfte sich Hugos Frau so viele Keramikschildkrötchen kaufen, wie sie wollte.

Heribert war mittlerweile an einem Billigstand mit Hemden stehen geblieben. «Was meinst du?», fragte er seine Frau. «Zehn Franken für ein Hemd.» Er zupfte ein zündrotes hervor.

Irmgard schauderte. Heriberts Geschmack war nicht über jeden Zweifel erhaben. Oder anders: Billig war für ihn das Schönste.

«Das kann nichts Rechtes sein», versuchte sie einzugreifen und wusste, dass sie null Chancen hatte. «Das Billige ist oft das Teurere …»

Dann machte sie einen Schachzug: «Denk an deine Unterhosen – wie lange die halten.»

Punkto Unterhosen war Heribert heikel. Er kaufte nur die teuren weissen von Calvin Klein. Er sagte, die stünden ihm am besten. Und er fühle sich wohl darin.
Für den Preis einer solchen Unterhose hätte Irmgard sechs Keramikschildkrötchen kaufen können! Aber sie war eine Frau, die zu schweigen wusste. Die Antwort wäre eh immer dieselbe gewesen: «Das kapierst du nicht.»
«Das kapierst du nicht», hörte sie nun Heribert sagen. «Unterhosen sind etwas anderes. Ein Mann muss sich in Unterhosen sicher fühlen. Weiss und satt muss sie sein – das hebt sein Selbstwertgefühl. Das ist unbezahlbar. Aber dieses Hemd für zehn Franken ist eine preiswerte Investition. Weshalb könnt ihr vom weiblichen Geschlecht nie das Wesentliche im Leben herausfiltern?»
Er streckte dem Marktfahrer mit rollenden Augen die Zehnfrankennote hin: «Frauen!»
Dieser grinste. Und wünschte einen schönen Tag.
Heribert sah im roten Hemd aus wie eine überreife Erdbeere. Irmgard weigerte sich am Samstag, so mit ihm zum Supercenter zu fahren.
Als Heribert das Hemd auch noch zur Kürbis-Party der Mattmüllers anziehen wollte, liess seine Frau unabsichtlich-beabsichtigt den Espresso über ihn kippen.
«Dumme Kuh!», schrie er auf.
«Es muss gewaschen werden», sagte sie gleichmütig. Warfs in die Maschine. Und gab auch gleich noch ein Dutzend von den Calvin-Klein-Unterhosen in den 40-Grad-Schleudergang.
Das Resultat war ein Hemd, an dem sich alle Nähte öffneten. Und zwölf rosa Calvin-Klein-Unterhosen.
Heribert stierte sprachlos auf das Waschseil im Trockenraum. Er war weiss wie seine Unterhosen – vor dem Waschgang.
«Dein unbezahlbares Selbstwertgefühl hat Farbe angenommen …», meldete sich Irmgard freundlich zu Wort.

Billettkontrolle

Als die Stimme ertönte, war es zu spät – mein Bauch tanzte Tango – der Hals schnürte sich zu.
«GUTEN TAG – BILLETTKONTROLLE!»
Mit Müh und Not hatte ich den Dreier-Schlitten erreicht… war TROTZ Rotlicht für Fussgänger zwischen den hupenden Autos durchgespult… klopfte wild auf den roten ÖFFNEN-Knopf. Und, oh Wunder, die Tür zischte nochmals auseinander!
Und dann: «GUTEN TAG – BILLETTKONTROLLE.»
Schöner guter Tag das! Natürlich hatte ich *kein* Billett.
Das ist nun wirklich nicht mehr drin gelegen. Man weiss ja, wie langsam diese Apparate spucken.
Während meine Magennerven vibrierten und ich krampfhaft an einer für die Trämlerstochter einigermassen stilvollen «Excuse» herumlaborierte, kam das Kontrolleurduo ins Stocken. Es hatte sich vor einem jungen Schwarzen aufgebaut und versuchte ihm klar zu machen, dass Schwarzfahren des Teufels und unfair sei.
Den andern Traminsassen wars peinlich. Nur ich atmete mit

schlechtem Gewissen auf. Die Kontrolleure gingen mit dem armen Jungen aus dem Tram.
«Kann doch jedem passieren!», sagte mein Vordermann zu mir.
«Ja», nickte ich.
Und fuhr drei Stationen schwarz weiter.

Frühstück nach 50

Erna Zirngibel kaute gedankenverloren an ihrer Vollkornschnitte. Sie hatte das Brot hauchdünn mit etwas bestrichen, das «Du darfst» heisst.
Erna dürfte auch «Du darfst» nicht.
«Nur Früchte, Säfte und nicht allzu starken Hagebuttentee», hatte Frau Doktor Wonnemacher die eisernen Essregeln nach 50 plus gepredigt. «Hin und wieder ein Löffel Magerquark, den sie aber gut einspeicheln. Alles Essen sollte gut eingespeichelt werden. Und 36 Mal kauen! Einspeicheln und Kauen sind das A und O einer guten Verdauung, liebe Frau Zirngibel!»
Erna schaute missmutig zu ihrem Alten Ernst-Hugo, der genüsslich seinen dritten Gipfel in den Kaffee tauchte und ihn mit schlürfenden Schmatzgeräuschen reinschob.
Erna seufzte. Gipfel standen bei ihr im roten Bereich. Gipfel waren unter gar keinen Umständen «Du darfst». Gipfel waren das Böse dieser Frühstückswelt, die Verlockung des Teufels in Teiggestalt – und Erna stierte auf die Kaubewegungen ihres Mannes wie ein Hund auf die Wurst.
Ernst-Hugo Zirngibel spülte die letzten Gipfelresten mit einem Schluck Kaffee runter. Dann nahm er wieder die Zeitung und Erna hörte, wie es dahinter fröhlich rülpste. Sie nahm ihre Leberpille, die Anti-Cholesterin-Pille, die schrecklich grosse Pille mit den Multivitaminen, die ihr immer mal wieder im Hals stecken blieb, und dann noch die Pille für gutes, volles Haar.
Das mit dem Haar war auch so eine Sache: Gut und voll wurde in den letzten Jahren nur die Badewanne davon. Nach jeder Kopfwäsche sind mehr im Ablauf liegen geblieben. Die Apothekerin, der sie ihre Not geklagt hatte, meinte, man könne nicht viel machen. Das Alter eben. Aber hier gebe es ein neues amerikani-

sches Präparat, das den haarigen Zustand zu stoppen verspreche … Erna riskierte ein Spässchen: «Aber der haarige Zustand in Amerika dauert doch an!» Die Apothekerin überhörte die Pointe und Erna liess sich geniert eine Grosspackung der Kapseln einpacken. Für das Geld hätte sie sich zur Zeit Farah Dibas, als sie ihr Haar mittels eines Falschzopfes und drei Dosen Spray so hoch toupiert hatte, dass sie im Kino automatisch in die hinterste Reihe platziert wurde, zwei falsche Zöpfe kaufen können.

Überhaupt: Was die Jungmannschaft mit ihrem schönen Haar anstellte, war einfach eine Schande. Vorgestern war ihre Enkelin Natascha praktisch kahl, aber mit einem eintätowierten Salamander am Hinterkopf zu ihrem Geburtstag erschienen. Als sie die Kleine an sich drückte, fühlte sich der Kopf an, als hätte sie eine Schuhmatte in den Händen – KRATZIG UND FORMLOS.

«Was hast du mit deinem schönen Haar gemacht?!», rief Erna entsetzt. Sie hätte sich für den Ausrutscher auch prompt in den Hintern kneifen können. Immerhin hatte sie sich vorgenommen, keine von diesen alten Spiesseromis zu werden, die ihre Enkel mit vollhaarigen Geschichten aus den guten alten Zeiten anöden.

«Ach Erna!», gluckste Natascha vergnügt und wieder gab es Erna einen Stoss, dass das Wort «Grossmutter» aus dem Vokabular ihrer Enkelkinder gestrichen wird, weil es für jedes SMS zu lang ist. «Ach Erna, wir leben doch nicht mehr im alten Zopfzeitalter.»

Erna atmete in Erinnerung tief durch: So ein schönes Stück Zopf mit hausgemachter Quittenkonfitüre wäre in ihrem melancholischen Zustand nun genau das Richtige. Aber da würde diese Gesundheitstante mit ihrem neckischen «Wir wollen uns den Lebensabend doch nicht unnötig schwer machen» – und schwer bedeutet 70 Kilos plus – wohl total durchdrehen.

Erna griff also zu einem dieser «Du darfst»-Äpfeln, die wunderschön drapiert in einer Schale lagen, aber leider nach gar nichts schmeckten. UND SCHON GAR NICHT NACH BUTTERCROISSANT! Immerhin sollten sie angeblich die Verdauungsflüsse anregen. Das Einzige aber, das die Verdauungsflüsse von Erna anregte, war jeweils, wenn ihr Alter in einen Gipfel biss – da rumpelte, knurrte und donnerte ihr Gedärm aus bitterem Entsagungsfrust.

Erna biss herzhaft in die Apfelseite und spürte erschrocken, wie der Dreier oben links ins Wanken kam – verdammt! Der Zahn war nur provisorisch eingeschraubt worden. Doktor Bohrer hatte ihr geraten, die drei Wochen des Provisoriums immer rechts zuzubeissen.
JA, WAS IST DENN DAS FÜR EIN LEBEN. Keine Gipfel, keine Konfitüre, dafür schaukelnde Zähne und ein Apfel, der zahnpolitisch unkorrekt angebissen wurde.
«Ach Ernst-Hugo!», alarmierte Erna mit einem leisen Jammern ihr Vis-à-vis, das in die Todesanzeigen eingetaucht war.
Der Ehemann linste über die Zeitung: «Hast du etwas gesagt, Erna?»
Nun kam sie in Fahrt: «Nein, ich klappere mit meinen Zähnen einen Flamenco runter, du Dussel. Du könntest dich ruhig wieder einmal mit mir zum Frühstück unterhalten. Immer hockst du vor der Zeitung und das Einzige, was du nachher zu sagen weisst, ist: ‹Der alte Hugentobler ist auch gestorben …›»
Sie hatte sich so enerviert, dass der (schwache) Hagebuttentee in ihrem Tässchen starke Wellen warf.
Ernst-Hugo schaute seine Frau lächelnd an. Dann tätschelte er ihr verständnisvoll die Hand: «Komm Erna, das ist nun schon deine 73. Diät. Und immer am vierten Tag baust du die totale Krise. Also gibs auf. Willst du 100 werden? Couchepin und die AHV sind dagegen – und deshalb wollen wir die Jahre jetzt doch geniessen. GENIESSEN, Erna!»
Er schob ihr den letzten Gipfel zu: «Du darfst, Erna, du darfst!»
Es war dies der Morgen, als Erna Zirngibel ihre 73. «Jung bis ins hohe Alter»-Diät mit einem dick mit Quittenkonfitüre bestrichenen Gipfel abrupt, aber glücklich beendete.

Spüren

Eva ist eine stattliche staatliche Telefonistin. Überdies ist Eva eine quickfröhliche Frau, die immer so redet, wies da eben rausblubbert. Also unkompliziert.
Etwa: «Gott, hast du diese Zicke mit dem grauenvollen Piercing gesehen. Die alte Kuh sollte sich was schämen und sich ihren Knopf sonst wohin stecken …»
Eva ist auch immer für ein Date gut: «Schwarzwäldertorte und eine Stange Bier? Klaro, bin dabei!»
Kurz: Eva ist die ideale Freundin zum Rumklöhnen und Mistbauen.
Die gewerkschaftlich engagierte Vorgesetzte von Eva hat diese nun in einen Psychologiekurs «zur Förderung des ausgeglichenen Umgangs mit den Mitmenschen» geschickt. Eva sitzt im Kreis. Hält die Hände wildfremder Menschen und bewegt die Lippen wie ein Kugelfisch im Aquarium: «Oohmm … oohmm … oohmm …»
Tatsächlich zeigt der Kurs Wirkung.
Seit Eva das «Oohmm» erlebt und sich selbst erfährt, redet sie anders. Irgendwie getragener. Es ist, als wäre sie im Sanftgang weich gespült worden.
«Hey Schnurpelchen – gehen wir auf einen Teller Spaghetti und Apfelküchlein mit Sauce?» Das bin ich. Oohmm- und arglos.
Eva nun ver- und geklärt: «Danke. Ganz, ganz lieben Dank. Das ist sehr, sehr lieb. Aber irgendwie klingt es mich falsch an …»
KLINGT FALSCH AN – ja spinnt denn die?!
«Ich nehme es in mir auf und schaue es nochmals an, was es mit mir macht. Aber im Moment lasse ich es stehen …»
ES? Wer ist ES? Ich habe doch nur gefragt, ob sie sich mit mir Spaghetti reinziehen will. Das ist doch kein Grund, plötzlich wie eine Mischung von «Telearena» und «Wort zum Sonntag» loszulegen.

Später, wie wir vor dem Rapskäse sitzen, atmet Eva 100 Mal tief durch. Sie, die vorher keine Sekunde wortlos vergeudet hat, schaut mich nun stumm, lange und vorwurfsvoll an: «Du hast mich Schnurpelchen genannt…»
Klar. Ich sag ihr immer Schnurpelchen.
«Das ist bei mir nicht gut angekommen. Es muss zuerst die Mitte finden…»
Weshalb soll Schnurpelchen plötzlich eine Mitte finden? Und weshalb kommt es nicht gut an? Sie sagt mir ja auch Pummelsack. Und ich bin ihr deswegen noch nie an die Eier!
Eva hüstelt: «Weisst du, der Kurs verändert mein inneres Wachsein. Ich spüre mehr. Spüre nun alles. Spürst du mich auch?»
Ich spüre langsam Temperatur. «Hör mal – das kommt bei mir aber nicht an.»
Eva lächelt: «Dann müssen wir es einmitten. Ausdiskutieren.»
Na danke. Die Spaghetti sind jetzt schon kalt…
Eva nimmt meine Hand: «Ich erlebe dich so wach. Das ist gut. So können wir einiges in unserer Beziehung neu überdenken – die Botschaft herauskristallisieren. Und sie dann deponieren…»
Das reichte. Die Apfelküchlein habe ich dann alleine verputzt.
Gestern hat Eva wieder angerufen: «Hey Pummelsack, wie wärs mit Schnitzel und Pommes?»
Sie hat wieder zu ihrer Mitte gefunden!

Tanzen

Als ich mit acht Lenzen zum ersten Mal Schwanensee sah und beschloss, eines der vier kleinen Schwänchen zu werden, bekam mein Vater arg Vögel. Er liess bei Mutter Dampf ab: «Ja spinnt denn dieser Junge. Erstens ist Tanzen nur etwas für Schwule. Und zweitens bekommt man Plattfüsse davon!»
Das mit den Plattfüssen stimmt. DAS ANDERE NICHT.
Ich habe in meiner späteren Laufbahn als 17. Schwan im vierten Glied viele Tänzer kennen gelernt. Sie waren so wenig schwul wie mein Kaminfeger. Oder Omis Metzger. O.K. Ein bisschen steckts eh in allen – aber der Plattfuss auch.
Meine Mutter, die zwischenmenschliche Beziehungen nicht so schienen-eng sah wie der bimmelnde Trämler-Vater, sagte: «Nicht jeder Güggel ist auch ein Gockel, Hans.»
Da Vater Mutters intellektuelle Ausbrüche fürchtete, gab er sich geschlagen. Und das Weihnachtskind brachte Ballettschuhe, ein Trikot und einen Ballettmeister.
Letzterer taxierte den kleinen Schwan bei den ersten Hüpfern als

hoffnungslose Ente. Herr Orlikowski war Russe und man weiss ja, was das für welche sind – sentimental-brutal und stets mit einem Schluck Feuerwasser im Kopf.
Da die gute Mutter für ihren Sprössling ein Trauma befürchtete, bestach sie den kaukasischen Teufel mit drei Harrassen Wodka. So durfte der Kleine künftig zum forschen Klavierton einer sibirischen Emigrantin in die Knie gehen. Der Bub schob mit Ach und Krach die Füsse in vier Positionen und bog den Rücken in ein «S» durch, sodass er Jahrzehnte später noch Hexenschuss bekam, wenn er einen Fleischerhaken auch nur sah …

Der dickliche Junge tanzte drei fröhliche Saisons lang in «Dornröschen» aussen links. Die Mutter sass stolz im Proszenium und bewunderte die zehnte der zwölf Ratten, die schon die Presse während ihres 20-Sekunden-Auftritts verblüfft hatte: «… schreiend komisch war die torkelnde Mickey Mouse.»
In der letzten Saison haben dann allerdings auch zwölf Harrassen Wodka nichts mehr genutzt. Der russische Ballettmeister brüllte «njet». Da das tanzende Rättchen nämlich seine bescheidene Gage immer flugs in Caramel und Schokobohnen umsetzte, mutierte es bald einmal zu einem asthmatischen Meerschweinchen.
«Ist nix mit tanzig, da er zu ranzig», tobte der kaukasische Teufel bei der lieben Mutter in Reimen.
Und da wusste die Intellektuelle nichts mehr zu erwidern. Der Vorhang fiel für immer und ich wechselte ins Sumo-Ringer-Lager über. Vater atmete auf. Er hatte nie etwas von einem schwulen Sumo-Ringer gehört. Erst als er zusehen musste, wie sie mir an die Wäsche gingen, und ich dabei verschämt zu kichern begann, erwachten in ihm Zweifel.
Nach Sumo ging ich als erster Tenor in den Männerchor. Schliesslich kam die Zeit des Tango und ich verbrachte meine freien Stunden mit stark gebogenem Rücken. Ähnlich wie kleinknäblich als Schwan. Nur diesmal vorwärts.
Nach der dritten Bandscheibenoperation schüttelte der Chirurg in der Aufwachstation seinen Zeigefinger: «Tststs – Tanzen! In Ihrem Alter. Und dann noch mit platten Füssen …»

Ich lächelte matt: «Kennen Sie das dritte Schwänchen …?»
Er tätschelte mir die Hand und flüsterte dann zur Oberschwester:
«Gebt ihm nochmals eine Dosis – er halluziniert.»

Partnerschaft

Stumm sitzt er da. Seine Augen schauen traurig ins Leere. Meine Worte haben ihn mitgenommen.
Ich will ihm nicht wehtun. Aber ich sehe keinen andern Ausweg: Wir müssen uns trennen.
Nie war ich in jemanden so vernarrt wie in ihn. Und nie habe ich etwas anderes so heiss herumgeknuddelt. So herzhaft geherzt. So fein in die Nase gebissen.
Es war an einem Weihnachtsfest, als wir uns begegneten. «Oh du fröhliche» – und Liebe auf den ersten Blick.
Mutter merkte sofort, was los war – Mütter sind eben sensibel. Nur Vater verstand die Welt nicht mehr: «Mit dem Jungen stimmt doch was nicht.»
Später, als die Leute zu reden begannen, haben wir unsere Liebe geheim gehalten. Hinter meinem Rücken haben sie jedoch maliziös gelächelt, wenn ich dich überall hin mitnahm. In die Kur. Oder ins Theater.
«Er oder ich!», hat mein Freund Innocent jetzt das Ultimatum gestellt.
Nun stiert der andere also ins Leere. Und mein Herz krampft sich zusammen.
Es klingelt. Draussen steht Annekäthi: «Wo ist er?»
Ich zeige auf die Couch. Sie schreit entzückt auf: «Hallo, das ist ja ein Prachtsstück! Dass du dich von so etwas trennen willst!»
Dann knuddelt sie ihn.
Und mein Teddybär wechselt nach 52 Jahren seinen Besitzer.

Backfreuden

Dora Düblin schaute leicht angeekelt die Cakeform an. Das Blech war noch immer neu. Ungebraucht. Und wie alle Backutensilien hatte auch dieses in der hintersten Ecke des Einbauküchenschranks gelegen. Hier staubte es vor sich hin – in Gesellschaft einer Allzweckraffel, die Dora vor vier Jahren in einem Moment geistiger Umnachtung an einem Demonstrationsstand an der Herbstmesse gekauft hatte.

Am Stand hatte alles so simpel ausgesehen: Rübe rein – Salat raus oder Saft im Glas. Der Mann mit der Kochkellenschürze hatte während der emsigen Rafflerei noch seine Witzchen gerissen. Das Ganze: ein Kinderspiel.

Das Spiel hatte in der Notfallstation ihr Ende gefunden, nachdem Dora das neu erstandene Gerät ausprobiert hatte: Der Finger kam gerapselt – die Rübe blieb ganz. Blut im Glas …

Und nun also die Cakeform.

Dora Düblin verwünschte diese fiese Primar-Tante ihrer Tochter Lucie, die den Kindern den Auftrag gegeben hatte, für das Schulfest einen selbst gebackenen Kuchen mitzubringen.

«Wir dürfen auch Fertigmischungen verwenden», hatte Lucie gequäkt.

Dora Düblin war keine Backnatur. Ihre Freundinnen hatten es gewusst. Und ihr am Polterabend grinsend einen riesigen Korb mit Backutensilien überreicht. Die Frauenclique hatte zu jedem Gegenstand miese Verse gesungen und die angehende Ehefrau mit spöttischen Zweizeilern zum Thema «Man(n) nehme» auf das Kommende vorbereitet:

«Drum rühr dem Mann den Hefekranz
und später seinen … hämmhämmhämm …
Ei du scheene, ei du scheene …»

Na danke!
Die Ehe hatte genau drei Jahre und vier Monate gedauert – er hatte den Computer mitgenommen. Ihr waren die Cakeform und Lucie geblieben.
Na gut – nun war die Form also doch noch zu etwas nützlich. Vor zwei Tagen hatte sie sich einige Rezepte zum Stichwort «Schokoladenkuchen» im Internet heruntergegoogelt. Auf dem Küchentisch warteten nun Eier, Butter, Zucker, Mandeln und Zartbitterschokotafeln auf den Einsatz.
«Ellis Mami hat gesagt, Frauen, die backen, seien mega out!», krähte Lucie über der Teigschüssel.
«Ellis Mami ist eine Kuh!», antwortete Dora genervt.
«Ellis Mami kauft den Schokoladenkuchen in der Migros …»
«Gib die Eier!», versuchte sich Dora einzukriegen und zählte leise bis zehn.
Sie sollte das Eiweiss kräftig zu Schnee schlagen.
Dora stellte sich vor, sie hätte die Primar-Tante zusammen mit Ellis Mutter in der Schüssel. Dann klopfte sie mit dem Rührbesen wild drauflos.
Irgendetwas funktionierte allerdings schräg – die Primar-Tante samt Ellis Mutter und dem Eiweiss wollten nicht fest werden. Also schüttete Dora den Schnee eben flutschig in die Masse.
Das Resultat war so etwas Ähnliches wie eine Schokoladenomelette, vor der sich auch der Dackel schüttelte.

Als Dora kurz vor Ladenschluss einen Schokoladencake aus dem Kuchenregal der Migros angeln wollte, stiess sie auf Ellis Mutter, die eben den letzten Kuchen in ihren Einkaufskarren warf.
Dora zählte wieder langsam bis zehn.
Dann ging sie nach Hause und rief die Primar-Tante an: «Lucie hat Bauchschmerzen – sie wird morgen zu Hause bleiben müssen …»
Die Cakeform kam in den Schrank. Ganz nach hinten.

Die Lesung

«Was werden Sie lesen ...?», fragte die Schwester Oberin am Telefon. Einen kurzen Moment zögerte ich. Das Bild einer etwas säuerlichen Haubenschwester im Altenheim tauchte vor mir auf. Um den Hals ein dünnes Kettchen mit Kreuz. Am Finger den schlichten Ring, mit dem sie IHM Treue und Hingebung versprochen hatte. Im Rücken ein halbes hundert Alte, denen die feuchten Pampers und die lottrigen Zähne drei Mal täglich gewechselt werden müssen. Kurz: kein erfreuliches Bild.

Es war dieses Cliché von Melissengeist umwehter Haubenschwester, die den Teufel in mir stupfte. Ich wollte eben sagen: «Ich hätte ein paar lustige Pornogeschichten aus dem Reich der Dampfbäder ...», als die Schwester fortfuhr: «... Ach, ist eh egal. Die alten Menschen bekommen es sowieso nicht recht mit.»

Na danke. Das tönte so erfreulich, als würde der Friedhof zum Cocktail bitten.

Bea hatte mir die Sache eingebrockt. Sie hatte der Oberin vom Alterspflegeheim «Zum frohen Sonnenuntergang» schamlos erklärt, es würde mich bestimmt freuen, vorlesen zu dürfen. Die Selbstdarstellung des Autors sei so etwas wie ein neurotischer Zwang. Und: Nein, Honorare würde ich prinzipiell keine akzeptieren. Die Freude, die ich den alten Menschen bereiten könne, sei Lohn genug.

VERMUTLICH HAT SIE AUCH NOCH AMEN GESAGT.

Na ja – ich war jedenfalls auf 180.

«Jetzt hör schon auf, die Primadonna rauszukehren. Sei froh, wenn du mal etwas von deinem Mist los wirst. Die alten Leutchen kennen dich doch alle noch aus ihrer Schulzeit und ...»

Daraufhin habe ich beschlossen, Bea keine Pralinen mehr auf Weihnachten zu schenken.

Das Altersheim lag wunderbar im Grünen. Es war diese Art von stiller Oase, wo Meditierende mit glasigen Augen ihre Mitte finden. Oder wo man sich nach einem Burn-out in die Stille flüchtet. Aber ich weiss nicht, ob der Platz im «frohen Sonnenuntergang» den lieben Untergehenden den richtigen Kick gibt. Na ja ... Ansichtssache.

Empfangen wurde ich von einer heissen Braut im Lederjupe, der höher war als meine Erwartungen. Man sah das Tattoo auf dem Oberschenkel, ohne dass einem die Augen tränten. Und mit «Wo ist die Oberin?» steckte ich ganz Macho die Hände in die Hosentaschen und schoss einen Blick, den ich mal von Peter Kraus abgeguckt hatte.

«Die Oberin steht vor Ihnen», strahlte der Inhalt des Lederoutfits. «Ich weiss, alle erwarten eine gestärkte Leinenhaube, seit Louis de Funès die Oberschwester auf dem Motorrad rumflattern liess ...»

Im kleinen Saal, der sich später als Cafeteria herausstellte, piepsten die Hörapparate wie 1000 Amseln im Frühling.

Bei der ersten Geschichte vom «verlaufenen Osterhasen» riefen noch einige: «WAS? WER IST AUS DEM HEIM ABGEHAUEN?» Doch bei der zweiten Story wirkten bereits die Pillen. Und dann schnarchte das Publikum reihenweise.

«Sie hätten etwas Heisseres vorlesen sollen», entschuldigte sich die Oberin für ihre Leute. «Haben Sie denn nichts mit ordentlichem Sex ...?»

Vermutlich hätten die Saunageschichten das Publikum wacher gehalten … aber es bleibt dabei: Bea bekommt keine Pralinen zum Christfest!

Graues Grauen

Als Innocent sein Drei-Minuten-Ei in pingeligen Kurzschlägen mit dem Messerrand rundum beklopft hatte, als er den Deckel abgehoben und sein Weissbrot ins Gelbe vom Ei eingetaucht hatte. Wie er dann auch noch genüsslich das weisse Geschludder reingesogen und an der verdotterten Zopfkante rumgenuggelt hatte, da schaute er mich über all das Geköpfte kritisch an und unterbrach sein Geschlabber: «Du wirst grau, mein Lieber!»
DAS IST NUN ABER WIRKLICH DAS LETZTE DREI-MINUTEN-EI, DAS ICH IHM GEKOCHT HABE!
Ich jagte ins Badezimmer. Stierte in den Spiegel. Und hier war das totale Grauen: 23 graue Haare vorne. 42 an den Schläfen. Und der Schnauz sah auch schon aus, als hätte es darauf geschneit.
Am Tisch schob sich Innocent das Restei rein und mümmelte durchs Brot: «Ist ganz natürlich ... die einen werden im Alter weiss. Die andern weise ... hahaha.»
Den Spruch hatte er sicher wieder von dieser Peach-Weber-Platte, aber ich gönnte ihm den Genuss der Betroffenheit nicht. Deshalb: «... und um die Dritten weht immer dieser Geruch von Verwesung. Wann hast du das letzte Mal geduscht? Und vergiss nicht, vor dem Einseifen den Hörapparat rauszunehmen. Sonst hast du wieder Kurzschluss.»
Das war nicht von Peach Weber. Das war mein Frust.
Ich liess Innocent mit offenem Mund vor seinem leeren Ei hocken. Und ging schnurstracks zu Pino.
«Du musst mich umwaschen. Es gibt doch im Fernsehen irgend so eine Reklame, wo ein ergrauter Mann nach einem einzigen Haarwasch auf wunderbare Weise seine dunkle Mähne zurückbekommt. Das will ich auch. GENAU DAS!»
Pino seufzte: «Du hast Sorgen!»

O.K. Er hatte andere. Pino ist kahl wie das morgige Drei-Minuten-Ei. Jedem seiner Kunden verteilte der Figaro stumm Fotos, auf denen er an einer Gitarre rumzupft und ihm sein schulterlanges Haar ins Gesicht fällt. Ein bisschen sieht er aus wie Nana Mouskouri auf ihrer Abschiedstournee.
«Das war ein Zopf!», seufzte er und zupfte mir das Farbfoto aus den Fingern.
«Das war vor 40 Jahren!», holte ich ihn in die kahle Realität zurück. Irritiert fuhr er nun mit seinen Fingern durch meine ergrauten Locken: «Na ja – das mit der Farbe habe ich noch nie gemacht. Die Firma hat mir zwar ein Muster geschickt und …»
Zehn Minuten später schäumte das Muster auf meinem Haar.
«Man muss es wohl etwas einwirken lassen», meinte Pino. «Dummerweise habe ich die Gebrauchsanweisung bereits fortgeschmissen!»
Auf meinem Kopf zischte und blubberte es wie bei Harry Potter, wenn die Besen starten. Als dann etwas vom Geblubber auf mein Cashmere-Pullover fiel, klaffte darauf sofort ein tassengrosses Loch …
«Oh», sagte Pino.
«Oh», sagte ich.
Dann spülten wir den grünlichen Schaum hurtig herunter. Unter dem starken Wind des Föhns kam es dann ans Licht: RÜBENROT. Die ganze Rübe rot.
«Vielleicht ein Genfehler?», orakelte Pino.
Heulend ging ich in die nächste Apotheke und liess mir den Kopf einbandagieren.

Als ich Innocent so verbunden am Frühstückstisch vis-à-vis sass, schaute er mitleidig von der Zeitung auf: «… und du musst wirklich zwei Monate lang diesen Mumienverband tragen, nur weil sich eine Hornisse in deinem Haar verfangen hat? Immerhin hat das Biest guten Geschmack gezeigt. Deine grauen Schläfen sehen wirklich heiss aus!»
Da habe ich ihm halt doch wieder ein Drei-Minuten-Ei gekocht.

Traugott, die Schildkröte

Als Traugott in mein Leben trat, wurde alles anders. Ich hätte am liebsten schon am ersten Tag Suppe aus ihm gemacht. Aber: Versprochen ist versprochen. Ich habe Evchen nämlich mit gekreuzten Fingern schwören müssen, auf Traugott gut aufzupassen.

Traugott ist eine Testudo. Das tönt vornehmer, als was es ist. Denn Traugottchen ist nichts anderes als eine total versaute griechische Landschildkröte, die es auf meine eleganten Rehleder-Mokassins abgesehen hat. Erst beisst er die Schuhkuppe durch. Dann bumst er den Schlüpfer im Hoppelgang.

«Traugott hat ein sehr aktives Sexleben», hat mir Evchen versichert, als sie ihn mir in einer Schuhschachtel (AUSGERECHNET!) brachte. «Um ehrlich zu sein – er wacht auf und denkt an nichts anderes.»

Traugottchen hat mich im ersten Moment sehr an meinen lieben Vater erinnert. Ich meine: auch dieser faltige Hals, die listigen Äuglein und die leicht krummen Beine.

«Schildkröten kommen schon alt auf die Welt», dozierte Evchen, «aber sie altern nicht. Die Kosmetikindustrie jagt hinter ihren Genen her, um herauszufinden, wie die es machen, 150 Jahre lang wie Marikka Röck auszusehen und doch rund um die Uhr rammlig zu sein …»

Na danke. Ich möchte mit 135 nicht wie eine Testudo aussehen. Rammel hin oder her.

«Ich zeig dir mal was», verkündete Evchen stolz. Sie pfiff durch die Finger. Drei Sekunden später robbte Traugottchen an. Auf seinem alten Gesicht las ich das lüsterne Lächeln des Kenners. Evchen belohnte es mit einem Salatblatt: «Er kennt mich», strahlte sie.

Na ja – jedenfalls ist Traugott der einzige Mann, der bei Eva auf Pfiff funktioniert …

Und nun geht Evchen also auf die Insel Rhodos und Traugott kommt zu mir in die Ferien. «Nur trockenes Grünfutter – Salat oder so. Keine Gurken. Keine Tomaten. Sonst kackt er sich wund.»
«Wie alt ist der Mann?», fragte ich Eva.
«Er dürfte um die 80 sein – aber Schildkröten werden viel, viel älter. Traugott wird mich überleben!»
«Das wird er nicht», knurrte Innocent, als die Testudo sein drittes paar Golfer durchgekaut hatte. «Was hat dieses Vieh für eine Schuhmacke?»
«Andere kaufen Elektrobohrer», versuchte ich Traugottchen zu verteidigen. Aber bei Innocent war er künftig unten durch.
Als ich die Testudo exitus neben Gartenzwerg Linus liegen sah, war das dann doch ein Schock. WESHALB MUSSTE DIESER 80-JÄHRIGE TRAUGOTT AUSGERECHNET BEI MIR ABKRÖTEN?
«Evchen wird mich hassen», schluchzte ich.
Innocent untersuchte das tote Tier: «Vermutlich wars ein Hitzschlag – man rammelt bei 45 Grad Ozonsonne nicht schlaglos drei paar Schuhe durch!»
Mit bebendem Herzen haben wir Evchen aus Rhodos zurückerwartet. In unserem Garten wartete Traugottchen 2. Aber das wusste Evchen nicht. Gottlob haben wir ein ähnliches Exemplar in der Tierhandlung gefunden – Schandpreis: 250 Franken! Muss sich ja keiner wundern, dass niemand mehr Schildkrötensuppe isst.
«War er brav?», erkundigte sich Eva und schob auch schon die Finger in den Mund.
«Jetzt merkt sies», flüsterte ich Innocent zu.
Doch siehe da: Auf den Pfiff hin zeigte sich Traugott der Zweite innert Windeseile vor seiner neuen Herrin.
«Mein Traugottchen», jubelte diese.
Wir liessen sie im Glauben.

Memoiren

Früher schrieben wir Tagebücher. Heute heisst es: Memoiren.
Früher schrieb jeder ein Tagebuch. Heute schreibt jeder Memoiren.
Der Unterschied zwischen dem Tagebuch und den Memoiren: Beim Tagebuch darf keiner reinschauen. Die Memoiren aber sind zum öffentlichen Genuss bestimmt.
Mein erstes Tagebuch habe ich auf meinen zehnten Geburtstag geschenkt bekommen.
Vater nervte sich stets über mein «Vergissmeinnicht»-Album. Diese Alben waren eigentlich für liebliche Mädchen bestimmt. Da ich kein solches, wohl aber lieblich war, wollte ich auch Erinnerungssprüche meiner Banknachbarn reingekritzelt haben.
Ich selber hatte sehr Poesievolles im Repertoire:

«In allen vier Ecken, soll Liebe drinstecken.»

Oder etwas mathematischer:
«Mach es wie die Sonnenuhr, zähl die heitren Stunden nur.»

Mit dem dazu geklebten Glimmerzwerg und einem tanzenden Jesuskäfer machte sich das Ganze echt scharf.
Ich wollte auch tanzende Jesuskäfer haben und schleimte mich bei meinen Banknachbarn ein. Sie schrieben brav, klebten aber statt des Glimmers ein Fussballer-Foto von einem gewissen Herrn Hügi dazu und reimten nicht sonderlich begabt:

«Werd mal so ein Knaller, wie Sepp – der Starfussballer!»

Das mir, wo ich im Synchronschwimmen Ambitionen hatte!

Dölfi Abächerli hat es besonders nett gemeint:
«Viel Erdbeercoupes, auch mit Himbeeren,
möge das Leben dir bescheren.»
Er ging später ins Kloster …

Vater, der punkto Poesie auf holprigen Schienen fuhr, kannte in Sachen Hexameter nur die deftigen Verse über eine gewisse Frau Wirtin. Er konnte mit dem süsslichen Album seines lieblichen Kindes nichts anfangen. Deshalb also kreuzte er mit dem Tagebuch zur Geburtstagstorte auf: «Da kannst du alles reinkritzeln, was dir so durch die Birne geht.»
Mit zehn Lenzen kreisten die Sorgen eines Knaben darum, ob er Samstagabend bei Tante Gertrude Fernsehen durfte. Und: «Weshalb bekomme ich nur 20 Rappen Sackgeld – alle andern haben 50!»
Ähnliches vertraute ich meinem Tagebuch an. Ich jammerte ihm schriftlich vor, wie ungerecht es sei, dass ich jedes Jahr nach Adelboden in die Ferien müsse, während Hugo, diese Ratte, wieder mit Rimini und den Walfischen nervig angeben konnte.
Später wurden die Probleme dicker. Ich auch. Und ebenso die Tagebücher: Sie handelten nun von Beziehungskisten. Und sehr Delikatem.
Obwohl das Tagebuch unter meiner Intimwäsche im Kasten versteckt war, wusste die ganze Familie Bescheid. Sie gaben die Bücher rum wie die Memoiren der Lady Chatterly oder die Beichte des Marquis de Sade.

Und so ist mein geheimes Tagebuch zu den Memoiren geworden – öffentlich verschlungen. Sogar beim Metzger redeten sie davon.

Heute sind Poesiealben out. Tagebücher ebenso. Doch Memoiren sind in.
Rocco Siffredi, der italienische Pornostar, hat «Das Leben des Hengstes» veröffentlicht. Man könnte es auch «Stuten reiten» nennen. Auflage: 100 000 Exemplare.
Dagegen machen sich die Erinnerungen eines Dieter Bohlen eher schal. Musik der einfacheren Tonart, quasi.
Peggy Guggenheim hingegen war eine ganz scharfe Nummer. Dreimal memoiriert. Und zweimal vergriffen.
Trotzdem: Die Glimmerzwerge fehlen bei allen ganz entscheidend!

Hochzeitstag

Erna lag früh wach. Erstens schnarchte ihr Nebenan einmal mehr wie ein Walross. Und zweitens plagte sie ihr Rücken.
«Die Jahre», seufzte sie. Sowohl sie wie auch die Matratze waren alt geworden. Aber die Matratze konnte man zumindest auswechseln.
Dann flogen ihre Gedanken erfreulicheren Dingen zu: «Ob er daran denkt?»
Sie lächelte vor sich hin. Die Chance war gering. Ernst-Hugo vergass den Hochzeitstag jedes Jahr. Und wenn sie ihm dann Vorwürfe machte, kam er wie ein verregneter Dackel mit einem Säcklein Pralinen heim. Nougat. Weil er die so gern mochte.
Sie hasste Nougat. Aber sie liebte ihren Mann. Seit 36 Jahren.
Erna angelte sich die Pantoffeln. Und ging in die Küche. Sie beschloss, den Frühstückstisch besonders festlich zu gestalten. Sie schnitt vom Salami auf, den Ernst-Hugo so liebte. Der Arzt hatte ihn strikte auf die rote Liste gesetzt. Das Cholesterin spielte bei beiden verrückt.
«Na ja, für einmal ...», lächelte Erna.
Dann setzte sie den Kaffee auf. Jubiläumsmischung.
Als Ernst-Hugo später im Pyjama am Tisch sass, mit einer Hand die Zeitung umblätterte und mit der andern in der Tasse rührte, da wusste sie: WIEDER NICHTS.
Wie jedes Jahr ging sie das Gedankenspiel durch: «Werf ich es ihm gleich an den Kopf? ... Lasse ich ihn ein bisschen zappeln? ... Lege ich mit Vorwürfen los? ... Und was schinde ich aus seinem schlechten Gewissen heraus? ... Das Jäckchen von Missoni? ... Oder die kleinen Ohrringe mit den Brilläntchen?»
Ernst-Hugo angelte sich mittlerweile ahnungslos eine Salamischeibe, schaute dann verwundert auf und schüttelte missbilligend den Kopf: «Du weisst doch, dass Wurst eine Cholesterinbombe ist ...»

Er streifte das Rädlein wieder von der Gabel.
Erna griff danach und strich im Frust auch noch fingerdick Butter auf den Gipfel: «Ernst-Hugo, was werden wir zwei heute Abend anstellen?» (Also das war ja dick genug mit dem Zaunpfahl gewunken – wenn ers jetzt nicht schnallte …)
Ernst-Hugo schaute erstaunt von der Zeitung auf: «Ich weiss nicht, was *du* anstellst. Aber *ich* werde mit Otto kegeln gehen.»
«Aha», sagte Erna. Und begann nun doch leise zu sieden. In Gedanken kaufte sie die Ohrringe *und* das Missoni-Jäckchen.
«Ernst-Hugo, welchen Tag haben wir heute?»
Nun schaute Ernst-Hugo wirklich verärgert von der Zeitung hoch: «Mittwoch – sonst würde ich ja nicht kegeln gehen!»
Eine Stunde später, als Ernst-Hugo bereits im Geschäft war, nervte sich Erna, dass sie ihn einfach szenenlos hatte ziehen lassen. Aber «Mittwoch!» hatte ihr den Gong versetzt.
Sie beschloss, ihre beste Freundin Catherine zum Nachtessen einzuladen. Sie deckte einen kleinen Festtagstisch mit einem Blumenmilieu, dessen Preis Ernst-Hugo zu Schweissausbrüchen getrieben hätte. Dann steckte sie sich die neuen Brilläntchen ins Ohr.
Catherine sah später die Missoni-Jacke sofort: «Steht dir grossartig!»
«Er hats wieder vergessen», schnüffelte Erna. Und Catherine wusste Bescheid.

Als die beiden Freundinnen beim Kerzenlicht sassen und die Männer auseinander nahmen wie Witwe Bolte ihre Hühner, kam Ernst-Hugo herein. Er trug ein Päckchen mit Pralinen in den Händen. Nougat vermutlich.
Vorwurfsvoll schaute er seine Frau an: «Erna, weisst du eigentlich, was für ein Tag heute ist?»
«Mittwoch!», sagte sie.

Schokoschock

Ich schokolade mich voll. Randvoll. Und bis heute warte ich vergeblich auf die Schoko-Ladehemmung. Es ist ein Schock. Ein Schokoschock, quasi.

Angefangen hat alles, als ich aufhörte. Und zwar mit dem Rauchen. Sie haben mir meine Cigarillos ja nun wirklich gründlich vermiest. Schon mit diesen Warnetiketten «RAUCHEN SCHADET DER GESUNDHEIT», die grösser sind als das goldgeprägte Label der Cigarillo-Familie, geben sie dem Raucher den Gong. Dazu ist alles noch schwarz gedruckt. Als würdest du deine eigene Todesanzeige lesen. Weshalb schreibt da eigentlich kein Werber: «CHURCHILL RAUCHTE MIT 90 NOCH GENÜSSLICH» darunter? Oder: «AUCH TANTE MARTHA (97) RAUCHT FREUDIG BIS ZUM LETZTEN ATEMZUG»?

Aber paffen wir zum Anfang zurück. Da war diese schreckliche Grippe, die mir die Fasnacht vermieste. Ich pfiff wie ein Dampfkochtopf in die Kissen, und sie holten mir diesen pflaumenweichen Notdoktor ans Totenbett, der zum grossartigen Finale kam. «Nun ist es Zeit, mit dem Rauchen aufzuhören …» Also dafür hätte er sein Nothelferköfferchen nun wirklich nicht zu öffnen brauchen!

Mein fitter Vetter Tom stand mit einer Ladung Isostar am Krankenbett und sagte das, was er immer sagt: «Ich habs dir gleich gesagt!» Dann ging er vor mir auf die Knie. Nicht etwa, um einfühlsam das verschwitzte Fiebergesicht abzutupfen, sondern um seine Fitness-Dehnübungen neben der Bettpfanne zu absolvieren.

Ein Kranker kann nicht protestieren. Er ist zu schwach. Und so flüsterte ich: «Lasst mich alleine …»

Als sie endlich alle draussen waren, holte ich sie unter dem Kissen hervor. Mit zittrigen Fingern führte ich den ersten Stängel zum Mund. AAAAHHHHHH! Welch ein Gefühl! Ich lutschte genüsslich daran, liess den Geschmack auf der Zunge zergehen – und dann kam Linda, dieses Rabenas, und kreischte durchs ganze Haus: «Das Tote frisst schon wieder Schokoladiges …»

Hastig würgte ich den Rest herunter. Aber da rannten sie auch schon alle triumphierend herbei: «Dass dus nicht lassen kannst … du bist doch kein Kind mehr!»

Nur Innocent, diese treue, alte Pumpe, zeigte Loyalität: «Besser als die Raucherei. So belastet er wenigstens die Umwelt nicht …»

DAS WAR EIN TRUGSCHLUSS.

Seit ich die Cigarillos nämlich gegen Schokoladen-Branchli eingetauscht habe, belaste ich zünftig. Alle reden immer von den schweren Folgen des Rauchens – ABER DIE SCHWERE FOLGE DES *NICHT*RAUCHENS BETRÄGT BEI MIR 14,9 PFUND!

Gut. Es hat auch nette Seiten: Die Nichtraucherei hat mir eine völlig neue Garderobe beschert. Ich kleide mich mit diesen luftigen Hängerhemdchen, die den Schokoranzen des gestoppten Rauchers verdecken sollen. Und ich höre alle meine Freundinnen klagen: «Ach Gottchen, bei mir ist es dasselbe – die Lust auf Süsses ist stärker als jeder Rauchzwang. Ich trage nur noch Stretchhosen …»

WAS TUN? Fett absaugen lassen? Wieder zum Päckchen mit «RAUCHEN SCHADET DER GESUNDHEIT» greifen? Ein Weight-Watchers-Seminar buchen?

Der Notarzt kam mir dann mit der brandneusten aller medizinischen Erkenntnissen: «Nehmen Sie statt der Schokolade einen Apfel!» – Auch dafür hätte er sein Köfferchen nicht zu öffnen brauchen!

Rotkäppchen

Als Kind hielt ich mich mit Märchen über Wasser. Denn die Wirklichkeit war eng: Zweizimmerwohnung und Balkon. Das Kind schlief in der Stube. Da lag es wohl nahe, sich eines dieser Schlösser mit den Ballsälen zu wünschen.
«Ach Gott!», seufzte Mutter, wenn ich wieder mit Pappkrone im Haar und Omis Morgenmantel in der Küche meinen Auftritt hatte, «weshalb kannst du nicht Fussballspielen wie andere Buben auch?»
Ich war nicht wie die andern. Ich war anders. Im Moment war ich gerade die kaltherzige Königin, die Schneewittchens Herz abverlangte. «Du wirst sie töten ...», herrschte ich meine Mutter an, die den Jäger spielte und von ihrer Rolle null Ahnung hatte. «Zum Beweis bringst du mir ihr blutendes Herz ...»
«Nimm dir ein Gonfibrot», rief Omi aus dem Bad, wo sie ihre gewaschenen Haare mühsam um eiserne Wickler fingerlte. «Und zieh mir mal diesen Wickler mit dem Gummiband zu – ich komme da nicht hin!»
So ging die Welt damals mit dramatischen Königinnen um!
Später wurde ich Rotkäppchen. Vater wollte mir die Rolle des forschen Jägers schmackhaft machen. Aber mit Rotkäppchen lag ich näher am Kuchen.
«Der Bub ist total schräg gewickelt», murmelte er geschlagen zur Mutter des Kleinen, wenn dieser sich mit dem Einkaufskorb im Arm und der roten Skimütze auf dem Kopf sowie Omis Frisiermäntelchen locker um die Schultern vor Zwirbelhund verneigte: «Oh Grossmutter, weshalb hast du so grosse Ohren?»
Unser Dackel war ähnlich untalentiert wie Mutter. Er lag mit rosa wollenem Buschimützchen als Wolfs-Grossmutter mutiert im Körbchen und gähnte nur, statt mich zu fressen. Er war keine Duse, sondern ging als stinknormaler Schappifresser von dieser Welt.

Als pupertierender Teeny probierte ich mein Talent im Altersheim aus. Ich rezitierte im Pagenschnitt mit schwarzem Plüschpullover den Erlkönig. Sie schnarchten reihenweise.
Nur beim letzten Satz «… und das Kind war tot!» horchten plötzlich alle wieder mit lautem Gegurgel und Genürzel auf: «Was ist? Wer ist gestorben?!»
Ich verabschiedete mich gekränkt und liess sie im Ungewissen zurück.

Nun hatte ich die Kinder von Freunden bei mir auf der Insel. Ich wappnete mich auf lange Spaziergänge, Sandburgen am Strand und Bächlein stauen – aber das erste, was sie wissen wollten: «Hast du geile Videospiele?»
Hatte ich nicht. Meine Freundin Esther und ich haben uns jedoch immer wieder mit Walt Disneys klassischen Trickfilmen auf- und ausgerüstet. Das schien mir als Ersatz für das, was sie «heisse Shoot-Games» nannten, ideal. Also liess ich die sieben Zwerge los.
Die Kinder gähnten wie das Altersheim.
Und als das japanische Trickfilm-Rotkäppchen den Wolf mit seinen Fragen löcherte, brüllten die lieben Kleinen entnervt: «Friss es endlich auf!»
Dann verlangten sie Schokoschnitten.
«Nehmt euch ein Gonfibrot», knurrte ich sie an. Und nahm mir die Goldkrone aus dem Haar.

Tatort

«Schrecklich – überall diese Metzeleien!», sagte er. Und schaute seine Frau traurig an. «Überhaupt hört man nur von Katastrophen. Gestern hat mir Frau Grunz erzählt, sie hätten beim Grosshändler im Unterholz schon wieder eine Gruppe abgeführt. Wo steuern wir nur hin?» Er wischte sich eine Träne aus den blassblauen Augen.

Sie liess dies alles kalt. Sie schlang ihr Essen gierig hinein. Zwar sollte sie auf die Linie achten, denn sie setzte Fett an. Zünftig Fett. Aber das Nachtessen war ihr nun mal das Liebste.

«... und dann diese Vogelpest!», jammerte ihr Alter. «Frau Grunz hat gesagt, sie stehe hier auch schon vor der Türe und ...»

«Schweig endlich», grunzte sie, «du verdirbst einem ja den ganzen Frass ...»

Beleidigte Stille.

«Wo sind die Kleinen?», wollte sie nun wissen.

«Sie spielen mit den Hühnern», sagte er gekränkt. Und dann bissig: «Du frisst wie eine Sau ...»

In diesem Moment hörte man draussen schwere Schritte. «Wer ist das?», jammerte er.
Sie aber nahm noch einen gierigen Bissen. Dann wurde sie fortgeschleppt.
Der Mann schrie ihr nach: «Das hast du nun davon – ich hab dir immer gesagt: Friss nicht so viel!»
«Hast du diese Beine gesehen?», hörte man eine Stimme. «Das sind Schinken ...»
«AM SAMSTAG METZGETE» stand auf dem Plakat am Fenster der Beiz.

Heisse Männer

Nun haben diese Gigolos wieder Saison.
Kaum dass der Sommer dem Winter die gestohlene Stunde zurückgegeben hat, die Tage grauer und die Herzen dunkler werden, da tauchen diese ganz besonderen Männer auf: strahlend braun gebrannt. Mit dem süssesten Lächeln der Welt.
Na ja – zum Anbeissen. Und nicht nur für die Frauenwelt!
Ihre Glatzen leuchten in der letzten Herbstsonne wie frisch poliertes Parkett. Sie pfeifen auf ihre Haarlosigkeit. Sie klatschen sich weder ein Toupet auf die Birne noch schlucken sie Pillen gegen Haarausfall. Sie stehen zu ihrem Glattopf. Und sie wissen, dass alle auf diese glatten Glatzen scharf sind.
Am süssesten sind die Augen. Südliche Augen, die an spanische Nächte erinnern. Meistens braun – aber stets mit diesem verschmitzten Grinsen drin, das jeder und jedem das Herz höher schlagen lässt.
Pünktlich wie die Ameisen um Ostern lassen sich unsere heissen Männer zumeist an der Herbstmesse erstmals blicken. Immer in

Gruppen – die Chippendales der anderen Art.
Sie strecken ihre geilen Bäuche von sich – diese Bäuche, die jeden scharf machen, und die nichts, ABER AUCH GAR NICHTS, mit leptosomischer Waschbrett-Askese zu tun haben. DIESE BÄUCHE ZEIGEN EINFACH NUR SINNLICHKEIT. UND GENUSS.
O.K. Die Herren sind käuflich. Aber sind das Ostereier nicht auch? Und verachten wir sie deswegen? Eben!
Deshalb: Morgen beissen wir dem ersten Grättimaa in den Zuckerbauch!

Krumme Füsse

«Weshalb sind bei dir die Füsse stets krumm?» Innocent schaut mich vorwurfsvoll an.

Dann schüttelt er missbilligend den Kopf: «Irgendetwas machst du falsch – bei meiner lieben Mutter hats nie krumme Füsse gegeben.»

BEI MEINER IMMER! Vermutlich lebt *unsere* Familie eben auf krummem Fuss. Es muss ein genetisch vererbter Fusspilz sein.

Jedenfalls hat Mutter, kaum dass die erste Adventskerze angefackelt war, Puderzucker mit Eiern verrührt. Und ein Riesentheater um ihre Anisbrote veranstaltet. Vater war der Mittelpunkt ihrer Szene: «Wir brauchen einen neuen Herd… wie stehe ich vor meinen Freundinnen da, wenn meine Füsse wieder krumm sind? Ich versichere dir Hans: Es liegt am schlecht durchfluteten Ofen. Diese Vorkriegskiste heizt unregelmässig. Das ist das Problem. Das ist auch die Ursache, dass Nelly Blickensdorfer über meine Füsse die Nase rümpft…!»

Dann in gesteigertem Crescendo: ICH WILL EINEN NEUEN HERD!

Eines Tages machten sich Arbeiter in Mutters Küche zu schaffen. Sie trugen das Vorkriegsmodell mit den blauen, züngelnden Gasflammen aus der Küche. Und bauten ein Ungetüm ein, das mehr einem Ufo als einem Backofen glich.

Gespannt schauten wir zwei Tage später durch das Backfenster. Hinter Glas schossen die Anisbrote im Schnellraffer vom Blech hoch. Und dann sahen wir auch, dass die Füsse wieder krumm waren…

«Es liegt nicht am Herd», wagte Vater den Kommentar.

Mutter aber warf die noch heissen Anisbrote mit dünnen Lippen stumm in den Mülleimer. Sie kaufte bei Bäcker Schneiderhan ein Kilo vom Blech.

«Das ist auch das erste Mal, dass deine Anisbrote gerade Füsse haben», giftelte Nelly Blickensdorfer.
«Wir haben einen neuen Herd», sagte Mutter.

Schenken

Innocent zeigte sich an jenem frühen Adventmorgen sehr vernünftig. Erstens wählte er Eisenkrauttee statt des üblichen Espresso. Zweitens verzichtete er auf die Wurst zum Zopf. Und drittens tätschelte er meine alte, abgeschlaffte Hand väterlich: «Dieses Jahr: KEINE GESCHENKE! Wir sind ja keine Kinder mehr …»
BITTE WIE? BITTE WAS? Der Tag ist versaut!
Innocent taucht die leicht vertrocknete Zopfschnitte in den zuckerlosen Eisenkrauttee, schlürft sich das gelbe Schlabberweichstück geräuschvoll rein und macht ein Gesicht voll göttlicher Askese: «Wir haben ja alles!»
Ich beisse knurrend in den fingerdick gebutterten Gipfel und gebe noch einen Schlag Nutella drauf: «WIR HABEN ÜBERHAUPT NICHT ALLES! Und ich bin gerne noch ein Kind. Jeder Mensch will ein Kind sein und sich auf Geschenklein freuen …!»
Innocent wendet sich angewidert ab: «Da wären wir also wieder einmal bei der alten Diskussion – aber ich sage dir eines: Du wirst mir dieses Jahr *nichts* zu Weihnachten schenken, weil ich dir garan-

tiert *nichts* habe. Mich nervt es grün und gelb, wenn du das Geld für unnötigen Schund ausgibst. Alle fünf Sekunden stirbt ein Kind, weil es nichts zu essen hat…»
Das hungernde Kind serviert er mir auch jedes Jahr zum Advent. Ich würde wirklich schrecklich gerne so einem Kind etwas zu essen schenken. Aber diese Spenden auf irgendein Nummernkonto anstelle eines Weihnachtsgeschenks können mein Herz nicht erfreuen. Die Freude ist zu indirekt. Sie verpufft in der Anonymität: «… Wenn ich an all die zu entlöhnenden Sozialarbeiter denke, bis das Reis endlich in den Händen der Kinder ist. Also wirklich – ich will direkt geben. Und…»
«… das ist zynisch», schlägt Innocent nun die Faust auf den Tisch. «Wenn du direkt geben willst, gibt es genügend arme Familien in unserer Stadt!»
«Es gibt auch genügend arme Ladeninhaber, die nicht wissen, wie sie ihren Angestellten den 13. Monatslohn bezahlen sollen, weil das Geschäft nicht läuft!» – das bin ich.

Die Geschenk-Diskussion ist schon von meinen lieben Eltern bis zum Exzess geführt worden. Einmal ist die Sache soweit ausgeufert, dass unter dem Baum kein einziges Geschenk lag. ICH HEULTE WIE EINE FANFARE.
Die Grossen versuchten mir einzureden, dass ich nun ein fröhliches Herzlein haben müsse, weil das Geld für die Nicht-Geschenke armen Menschen viel, viel Freude bereiten würde… ICH SCHRIE ZETERMORDIO.
«Du willst doch sicher, dass es andern Menschen gut geht», versuchte es Tante Martha noch einmal. Sie war Bibellehrerin. Und die andern Menschen waren mir so lang wie breit.

Als ich 30 Jahre alt war, beschloss ich, edel und vernünftig zu werden. «Wir kaufen einander nichts», verkündete ich Innocent. Und der glaubte an die Wandlung zum Bessern.
Natürlich hielt ich dann doch etwas Kleines für ihn bereit. Denn Schenken bereitet mir fast noch mehr Freude als beschenkt zu werden. Und als ich ihm nach dem Nachtessen das Päckchen mit der

goldenen Rolex übergab, machte der alte Geier doch tatsächlich auf hysterisch: «Weshalb kannst du dich nicht an Abmachungen halten?!»

Danach machte ich auf hysterisch, weil er sich daran gehalten hatte. Und ich leer ausging.

SO ETWAS PASSIERT NIE MEHR.

Deshalb: «O.K., schicken wir einen Check an die Winterhilfe. Ich werde dir dieses Jahr nichts schenken … oder vielleicht nur etwas Klitzekleines …»

Ich mache ein geheimnisvolles Gesicht. Und er weiss hoffentlich, woran er ist!

Wortlose Weihnacht

«Sie sind am Radio gekommen!», strahlte Schwester Brigitte die alte Frau im Krankenbett an. «Ich wusste gar nicht, dass Sie Hebamme waren.»
Das weisse Gesicht in den noch weisseren Kissen gab keine Antwort. Es hatte die Augen geschlossen. Die Gedanken jagten wie Raketen durch den Kopf:
Anne Schweizer dachte an ihre Weihnachtsfeiern von einst. Als junge Waise hatte sie im Mädchenchor gesungen. Sie waren als kleine Gruppe während der Adventszeit von Tanne zu Tanne gehastet. Immer: «Leise rieselt der Schnee». Immer: zweite Stimme. Immer ein Kopftätscheln und etwas Schokolade.
Sie hatte damals von einer Familie geträumt – einer richtigen Familie, mit der sie einmal unter dem Weihnachtsbaum all diese Lieder singen würde. Die Weihnachtsfeiern im Waisenhaus waren schön gewesen. Es hatte an nichts gefehlt. Und doch: Dieser eine Weihnachtswunsch, den Anne schon als kleines Mädchen dem Christkind geschrieben hatte: «Schenke mir bitte eine eigene Familie»; dieser Wunsch war nie in Erfüllung gegangen.

Anne wurde Hebamme – und schliesslich schwanger. Das Glück war verheiratet, er hatte seine eigene Familie. Anne war das, was man zu ihrer Zeit missbilligend «eine ledige Mutter» nannte.
Immerhin – sie feierte nun Weihnachten mit ihrer kleinen Tochter. Lisbeth wurde ihr ganzer Lebensinhalt. Als Lisbeth dann schreiben konnte und den ersten Wunschzettel mit aufgeklebten Goldsternen abgab, stand da: «Liebes Christkind, ich wünsche mir einen Vater.»
Da hatte Anne geweint.
Anne arbeitete als freie Hebamme wie ein Pferd. Lisbeth sollte studieren. Und es sollte ihr an nichts fehlen.

Zuerst schlug die Tochter die medizinische Laufbahn ein. Dann interessierte sie sich für Nationalökonomie. Und schliesslich wechselte sie auf Philosophie.
Als sie sich mit 27 Jahren für professionellen Tanz entschied, sprach die Mutter ein ernsthaftes Wort. Die Tochter tobte: «Es ist *mein* Leben. Wenn ich einen Vater hätte, wäre alles anders!»
Anne weinte wieder.

Lisbeth wurde Tänzerin – Modern Style. Die beiden Frauen gingen ihre eigenen Wege – Anne als Hebamme, Lisbeth als Tanzlehrerin. Zuerst feierten sie noch gemeinsam das Weihnachtsfest. Doch sie sassen einander wortlos gegenüber, denn jedes Wort wäre wie Feuer im Zunder gewesen.
Bald hörte Anne nichts mehr von ihrer Tochter. Mit 80 Jahren trat sie ins Altersheim ein. Nun feierte sie Weihnachten mit ihren Mitinsassen. Es war wie als Kind im Waisenhaus – gemütlich. Aber die Familie fehlte. Immerhin: Die Tränen waren mit den Jahren versiegt. Anne weinte nie mehr.

Vor sieben Jahren verkündete man Anne, sie sei nun die älteste Bewohnerin des «Sonnecks». Da beschloss sie hundert zu werden. Irgendein Ziel musste das Leben haben. Und da ihr Geburtstag auf den 24. Dezember fiel, machte sie sich das Ziel zum Weihnachtsgeschenk.
Nun lag sie da. Im Radio hatte man ihr am Morgen das «Guggerzytli» gespielt. Schwester Brigitte, die am Abend eine ältere Dame ans Bett der Hundertjährigen führte, flüsterte: «Pssst – sie schläft. Der Tag war etwas viel für sie.»
«Ich bin extra aus London gekommen», sagte die Frau energisch. Und drückte Anne die Hand: «Ich bins, Lisbeth.»
Aber Anne blieb stumm. Sie hatte sich von dieser Welt verabschiedet. So wurde es zwischen den beiden Frauen eine Weihnacht wie einst: wortlos. Denn es gab nichts mehr zu sagen.

Lebensbaum

Als mein Vater starb, haben mir viele Menschen spontan gemailt, telefoniert, ge-SMS-elt oder geschrieben, dass sie an mich denken. Das war schön. Und nie ist mir so bewusst gewesen, dass Menschen wirklich das Leid «mittragen» helfen können.
Arthur hat mir einen Baum geschickt. Einen goldenen «Lebensbaum». Der Baum ist vollgespickt mit Messingglöckchen. Wenn man die Äste berührt, erzittern die Glöckchen. Ein zarter, heller Klang ertönt.
Arthur schrieb dazu: «Jede dieser Glocken ist eine Erinnerung an deinen Vater. Versuche nun, dir zu jedem Klingeln eine besondere Situation mit ihm vorzustellen.»
So bin ich vor dem Baum gesessen. Und die Glocken haben mich in die Vergangenheit zurückgerufen.
Erste Situation: Er dachte, er habe da einen strammen Nachfolger und Buben gezeugt. Also wollte er diesen schon bald einmal in seine Welt der Berge einführen. Und weil er ein ungeduldiger, junger Vater war, packte er das zweijährige Kind auf die Schultern. Kletterte mit ihm die steilen Felswände hinauf. Und seilte den Kinderwagen ab.
Zu Hause haben die Frauen zetermordio geschrieen, als er ihnen stolz verkündete, sein Bub habe den ersten Dreitausender «geschafft». Natürlich kann ich mich nicht an diesen Moment erinnern – aber an die unzähligen Male, als er diese Geschichte stolz im Bekanntenkreis herumerzählte. Und daran, wie ich mich für diese Berg-Vergewaltigung rächte, indem ich mir auf meinen achten Geburtstag Ballettschuhe wünschte. Er schenkte sie mir mit wehmütigem Lächeln: «Das mit dem Berg war wohl nichts …»
Zweite Situation: Ich war verliebt. Der Gegenstand meiner hysterischen Anbetung war Chemielehrer. Ich dachte keine Sekunde mehr

an Trigonometrie und Latein-Syntax. Ich dachte auch nicht an chemische Formeln, sondern nur an den Lehrer, der sie verkündete.
Wir hatten eine gute Zeit. Ausserhalb der Schule. Ich schwänzte etwa ein Jahr sämtliche Stunden. Da bedankten sie sich mit «Matur nicht bestanden – Betragen sehr tadelnswert».
Mein Vater holte mich von der Schule ab. Er legte mir die Hand auf die Schultern: «Du bist verliebt. Da ist der Kopf wie ein Bienenhaus. Und die Welt ist ein Höllenfeuer. Aber dass du überhaupt so lieben kannst, ist mehr als jedes Maturzeugnis. Es gibt zu viele Menschen, die diese Erfahrung nie gemacht haben!»
Dafür habe ich meinen Vater geliebt.
Dritte Situation: Meine Mutter fällt in ein Koma. Sie liegt bewusstlos im Spital. Zwei Jahre lang. Ich bringe es nicht über mich, meine Mutter zu besuchen. Ich habe sie als schöne, gesunde Frau in Erinnerung. So will ich sie in mir bewahren.
Die Familie verwirft die Hände: «Das kannst du nicht machen. Du *musst* doch zu ihr!»
Mein Vater stellt sich vor mich: «Nein, das muss er nicht. Ich gehe für ihn.»
Er ging jeden Tag. Zwei Jahre lang. Am einzigen Tag, an dem er sie nicht besuchte, ist meine Mutter gestorben.
Vierte Situation: Ich stehe an Vaters Krankenbett im Spital. Er ist abgemagert. Aber in seinen Augen ist noch immer dieses Feuer, mit dem er sein Leben gemeistert hatte. Er nimmt meine Hand: «Hör mal, schau nicht so belämmert. Ich hatte 85 gute Jahre. Sehr gute Jahre. Nun ist die Zeit gekommen, die Karten abzulegen. Versuch auch, gute Jahre zu haben, ein gutes Leben zu leben – es macht das Sterben leichter.»
Ich sitze viele Stunden vor dem Lebensbaum. Eine Erinnerung nach der andern ist verklungen. Und ich merke, dass der Baum viel zu wenig Glöckchen hat.

Inhalt

-minu

Hans-Peter Hammel wurde in Basel geboren. Seit 1967 schreibt er wöchentlich Kolumnen für die «Basler Zeitung» sowie Gastkolumnen für diverse Schweizer Zeitungen. Auf Telebasel hat -minu seit dem Jahr 2000 eine eigene Kochsendung («Kuchiklatsch»). -minu lebt in Basel und Italien.

Weitere Informationen über -minu finden Sie auf www.minubasel.ch und seine Bücher auf www.reinhardt.ch.